可能不懂愛情

樂宜雅

目錄

序幕

愛情是一門愈用功愈做不好的功課

我的愛情從來也不是爭取回來的
只有在退讓的時候
才會被人發現

我的愛情是一門愈用功愈做不好的功課
漫不經心
分數反而會高些

第一章

最痛恨的是，無法痛恨一個人

週五放工後，同事郭子瑜提議到中環蘇豪區享受 happy friday 的快樂時光，我當然樂意奉陪。

郭子瑜是個工作和玩樂都百分百投入的女孩，一到達酒吧，四方雲集的朋友們馬上起哄，熱情地歡迎我們，當中有一個陌生面孔，眼利的我第一時間發現了。

「咦，我沒見過這個俊男！」

「何禮言是乖乖仔，你別想玷污他！」郭子瑜擋在他面前，回頭警告：「我這位同事是情場女殺手，多少男人被她玩弄過後終生不敢再碰女人，你千萬要小心！」

「哈哈哈。」我撥開郭子瑜，向俊男伸出手去，「別聽她的。你好，我是沈欣圖。」

「何禮言。」穿着西裝的他，禮貌地輕握我的手，掌心厚實柔軟。

我向他擠擠眼，「放心，我對乖乖仔會非常溫柔！」

何禮言惶恐地看我，再加上郭子瑜的危言聳聽，他不知是否該笑。

談了幾句，得知何禮言做牙醫，我向他咧嘴露出了牙齒，「怎樣？合格嗎？」

「很整齊，但你需要三個月定期洗一次牙。你有吸煙習慣？從牙齒可看出一個人的生活習慣。」

聽到他如此認真專業的回答，我忍不住笑，「真瞞不過你，可是，依書直說的男人不夠可愛！對了，你還知道了關於我的甚麼？」

「郭子瑜說你很有男人緣。」

「你太厚道了。她的真正意思是，該說我十分放浪吧。她愛用這種反推銷法，但也沒辦法，男人通常也十分受落。」

我知道，其他人眼中所見，何禮言似乎對我很有興趣，整晚黏着我。但我一直觀察着他，就發現他並不屬於健談的交際高手，不排除他只想找我當避難所，來逃避跟別人聊天。

是的，活了廿四年，我也真有活過，可不是傻瓜。

接近午夜，眾人提議換場再玩，何禮言告辭要回家，我說我約了人有別的節目，大家發出別有用意的「噢……」叫聲。我不作辯駁的揚眉，展現出勝利的笑容。

其他人乘計程車轉場到銅鑼灣，剩下我和何禮言站在行人道上，「我送你，你去哪裏？」

「不用了，街上的計程車多的是。」

「其實，我不用這麼早便回家，你要不要找個地方喝杯咖啡？」

我一頓，自然也了解他話裏含意。

男人愛向女人提出這樣的暗示或明示，我也是自找的吧？我淡淡一笑，「看來，用牙齒看相並不準確。」

何禮言不解，用疑惑的眼神盯着我，我揚手截停計程車，「你回家吧，我用走的。另外，我最怕洗牙了，那些儀器的聲音，真叫我毛管直豎。」

計程車離去，何禮言總算留着幾分男人的尊嚴，沒有隔着車尾窗回望我。

那很好，像一頭狗般垂憐的男人，最惹女人討厭了。

步下史丹頓街，我拿出手機打電話給章澈。

「喂，我又在你家樓下了。」

五分鐘後，章澈穿着T恤短褲出現。他遞給我一個暖壺，「剛剛煮了咖啡。」

我瞟他一眼，「請我上你家坐下喝一杯都不行？只肯分配一壺外賣給我。」

他為難地一笑。

「有人在？」

他點點頭。

章澈陪我步下石板街，那是一道凹凸不平的古老斜路，我穿高跟鞋不好走，挽着章澈的手臂作倚靠。

我用輕鬆的語氣說了一句：「那個死要面子的男人，明天準會跟所有人說，他已跟我睡過了吧。」

章澈嘆口氣，「你去喝喝酒就算了，建立這樣的風評值得嗎？」

「我甚麼都沒做，他們只是看見我的樣子，就認定我愛戲弄男人。我長成甚麼模樣可輪不到我控制的啊。」

「你知道我在說甚麼。」他橫瞅我一眼。

我聳一聳肩。

抵達路面平坦的德輔道中，星期五的深夜車輛仍然熙來攘往，我放開了章澈的手臂。

「我還是不乘巴士了，截計程車回家。」

「早知如此，在史丹頓街截車不就可以了，走那段石板街，你看你的腳都紅腫了。」章澈替我不值。

我趁機撒一下嬌，「我以為你會揹起我嘛！」

「今早做運動時，我的腳有點扭到了，只怕一個背不穩，我倆一同滾落樓梯啊。」

我感動死了，沒料到他真有想過那樣做，他的細心令我心折。

為免展現了感動，我故意鬥嘴，「對啊，我們真是名副其實的正PK！」

章澈沒好氣，「你就不可以換個樂觀一點的角度，我們是為了對方仆心仆命嗎？」

我像被教訓的壞學生，頑皮的笑笑。

他真的不明白啊？

我就是為了跟他走下一段路，才會走上這一段路。

＊　＊　＊

那些年，我和章澈是一對戀人。

由中三開始，拍拖六年，從不吵架。

章澈非常溫柔，像愛情小說裏忠誠的男主角，對我千依百順，滿足了我對初戀的一切美好幻想，和更多極其過份的狂想。

我愛折磨章澈，很愛很愛很愛，以茲證明我正在談情說愛。

總愛為一些芝麻綠豆的事而大動肝火，舉一個例：他跟我談電話時，比我早了一秒鐘掛線，只因我聽到掛線後的嗚嗚聲而深感不悅，接下來，有整整三日不跟他說話了，他來我的課室找我，儘管他就站在我面前，我也請鄰座的同學轉告他，我不想聽到他的聲音了！

然而，他每次都默默忍受，早上在返學的必經之路等我出現，小聲的說：「小圖，別生氣啦。」有一次，還是在寒冬，我留意到他的手冷得變青紫色了，原來他從清晨起就已經站在那裏，以免錯過了我的出現。

直至今天，章澈跟我談電話，仍然會習慣等我掛線後，他才會放下電話。

我經常對自己說，沈欣圖請你注意，你不會再找到另一個對你這麼好的男人了。請你記得要珍惜他。

可惜，我和他，畢竟也分開了。

如今追憶起來，我更懷念當年的幼稚和蠻不講理，大條道理證明了自己有過一段轟轟烈烈的戀愛。

*　*　*

一個週末晚上，我和章澈蒲酒吧，一進門便見到熟人，是我已忘了是第幾任的前度，我一見他就惱火。

我說了一個單字粗話，章澈在身邊問：「幹麼？」

「沒甚麼，我遇上了 CK One。」

「改去另一家。」

來不及轉身離開，前度已像 WIFI 追到信號似的，朝我的方向看過來，跟我打個照面，我對章澈輕聲說：「算了，我的ex太多，走到哪裏都避不過。」

我落落大方迎上CK One，熱情地摟着他的頸項說：「嗨，你有沒有想我？」

走到吧枱前，我沒有點自己慣常喝的長島冰茶，卻叫了一杯Margarita，先坐下的章澈斜視我一眼，「你一喝這個就會醉。」

是的，我喝長島冰茶永不會醉。雖然，它被稱為「失身酒」，喝起來酸酸甜甜很有欺騙性，聽聞原始配方調製的長島冰茶，酒精度可達百分之四十以上，可是，在酒吧喝到的，早已減低了八成的度數，比起紅酒更不醉人。

我拿起Margarita，「喝酒不就是為了醉掉嗎？」

不一會，CK One站起身離開，我回頭大力跟他風騷地揮手，「再聯絡呀！」他向我舉起OK的手勢。

店門重新關上了，我一口氣把酒喝盡，章澈摸摸我的頭髮，感受着他的掌心柔順着我的頭頂一直流落並肩的髮尾，弓起了全身尖刺的我即時軟弱下來，兩行淚珠滾下。

「也不算甚麼舊男友，只拍了兩個月拖，我根本沒愛過他！」

章澈靜靜坐在我旁邊，我再叫了另一杯Margarita，抱怨地道：「剛才應該一巴掌摑下去，或者，用力踢他下陰，那麼，我從今開始就可以忘記他了，那混蛋！」

隔了半分鐘，我又說：「分手時，我一滴眼淚都沒有掉過，是不是很了不起？」

說話一向很少的他，這才和應一句：「所以啊，現在更不值得為他醉掉。」

半醉的我，猛然清醒一下，我到底又怎樣了？我每一句話，都像故意要在章澈面前抹黑我的其他 ex 那樣。

我打開手袋，才記起今早把最後一根煙也抽完了，我問：「有沒有煙？」他從外套袋拿出一包全新的香煙，替我拆了膠封和褪掉內裏的錫紙，我取出一枝，他替我點火。

酒保見到火光，瞄了我這邊一眼，又垂下頭繼續調酒去。雖然，室內範圍嚴禁吸煙，但酒煙永遠共存，有酒就有煙，該沒一個酒客有異議。有異議的，大多數在步出酒吧門口便受襲，出院後變得不會不同意。

我噴了長長一口迷霧，說：

「那智障，說我根本沒愛過他，哼哼，我只是不肯和他上床罷了，他就老羞成怒。我記得那時的反應是『哈哈』兩聲，然後說『哎啊還是瞞不過你』，就那樣讓他跟我分手了……你一定在想，這個女人一點都不可愛吧！」我用煙的橙光指着章澈。

「才怪，可愛的女人才會那樣做。」他搖了搖頭，「況且，不交出你自己，正好就是教訓那種不懂尊重女性的男人的妙策。」

我聽得心悦臣服，看了一下桌上的綠色煙盒，「你怎麼不抽？」

「我現在都不抽煙了，只為了今天會見到你才買了一包，你有可能想抽。」

「好感動！」我誇張的説，用力攬着他肩膀。

一個男人為了女人隨身帶備香煙，就好像女人為了老公，在平庸的棉質褪色睡衣裏穿性感內衣一樣，用心良苦得讓人於心不忍。

好可惜，好可惜，我明白這是友情。

我趴在吧枱上，也不理會桌面骯髒不已就把燙熱的臉頰貼上去，借酒意讓我放肆地胡言亂語：「哼哼，他好像比幾年前更帥了，我剛才應該抱着他的腳，哀求他回心轉意才對……」

「他真的傷了你的心。」

酒吧微弱的燈光打在章澈的臉上，把他的輪廓鍍了一道藍色的邊。我虛弱地朝他笑笑，彈了一下煙灰。

其實，真的傷了我的心，是你。

要不是你，我根本不會有其他男人，我根本不屑有其他男人。

*　　*　　*

離開酒吧時，我的步履不穩，將一整個身軀挨到章澈身上，借醉地說：「喂，今晚抱着我睡！」

他輕輕說：「我送你回家。」

「我不要回家，我們去開房間！」我舉起手上的小手袋在叫，令途人為之側目。

他把我推進計程車，我便是不放過他，「要不然，你陪我去找他！」我強行把他拉上了車廂，跟司機說了CK One的地址，抵達家樓下，我指着三樓沒亮燈的單位，「你下來，我有話跟你說！」

「他不在家。」

「別以為關了燈，我就以為你不在！」我放盡喉嚨地嚷：「喂！有種下來啊！下來！」

「剛才，看到他和兩個友人離開，他們該去下一場。」章澈提醒我。

「我要等他回來。」

「別鬧了，回家吧。」

「不回，我要等他回來，用腳尖踢他下陰。」

「聽到也很痛。」章澈苦笑說：「我恍如聽到氣球爆破的聲音。」

「砰！」

「砰！砰！」

「砰！砰！砰！」

「砰、砰、砰？唔，人體真奧妙！」

章澈的冷幽默總能引我笑，我哭笑不得地道：「他有可能不堪一擊，我也有可能會干犯謀殺案，你最好還是快走。」

「你需要有個人幫忙處理屍體，我更應該留下。」

他說得像替我處理垃圾，我動容。

跌坐在 CK One 住宅對面的小公園長椅上，未待這個爆蛋王回家，酒精已發作，我軟弱地靠在章澈的肩膊上，昏了又醒，醒一下又睡，卻無法痛快地斷片，把全世界置諸腦後。

其實，我不想再見到任何一個前男友，他們對我的傷害算得上甚麼？都是千篇一律的男女攻防戰吧了。

滿腦子暈眩的我，只想認真詢問這個願意替我埋屍的男人，可不可以把我也好好地埋葬掉？就算活埋也是沒關係的。因為，若是如此，我便不用活得生不如死了。

氣溫愈來愈冷，我感覺到章澈的身子開始變僵，始終不捨得傷到他，「我想回家了。」我說。

章澈跟司機說了我的地址，在車途上，我的酒意消散了。車子停下，我一隻腳踏出了車廂，轉頭對掏錢的他冷靜地說：「別送我上樓了，我沒問題的，快回家休息吧。」

他正要拿紙幣付車費的動作停下了，向我點一下頭。

我替他關了車門，走了幾步，又意猶未盡的轉過頭，章澈拉下了半截車窗，我對着車廂裏的他說：

「對啊，剛才我在酒吧流了淚，跟那個 CK One 完全無關。」

「哦？」

「因為，你摸了我的頭。」

「嗯？」

我向司機作了一個請離開的手勢，車子便發動了，我知道章澈會在車內回頭看我，不欲他替我擔心，我頭也不回的轉身走進大廈內。

知不知道，最恨的是甚麼？

最恨的是，無法痛恨一個人。

第二章

但願他時刻也會對我保持內疚

章澈開了一家咖啡店，地方不大，全店只有五張餐桌，店子叫「藍咖啡」，就在他中環家樓下的街轉角。

下午四時，我捧着雜誌出現，摘下藍芽耳筒，「一杯藍咖啡。」咖啡並不真的是藍色，只是這裏 House Blend 的名稱。

「又偷懶啦？」

章澈端來熱騰騰的飲料。

我瞟他一眼，「喂，我很努力工作的好不好？剛做完一個人物專訪，來充一下電，再回公司賣命好不好！」

「訪問了甚麼人？」

「悶人，一整套名牌穿上身的禿頭實業家，在上海開了幾間 Fusion 餐廳。」

「想到專訪的題目沒有？」他坐到我對面座位來。

我想想，舉起手在空中比劃一個大標題：「為荒蕪地殼種上味蕾。」

章澈一笑，「他不會看出箇中的諷刺？」

「我敢打賭，他會興高采烈把專訪彩色影印，派給他每一位親愛的顧客！」

我替一本叫《惡男》的男性雜誌工作，專責做人物訪問，最享受的是可肆無忌彈發掘男人私密的情感世界。雜誌社還有出版另一本叫《惡女》的雜誌，我寧死也不肯調職到那邊。

男人多數下賤，但我對出類拔萃的女人更加沒興趣。

咖啡店無客，我拍拍身旁的藍色卡位，「喂，坐過來。」

章澈乖乖繞過來坐下，我把頭靠到他肩膊上。

「累啦？」

我不作聲。

他身上是各種咖啡豆混合在一起的味道，哥倫比亞加藍山加夏威夷……剛才我被實業家灑了半瓶在身上混着汗味的 Celine Homme 折磨夠了，這簡直是來自天堂的氣味。

是的，一開始時，當咖啡引入歐洲，曾被宗教人士排斥，認為那是「惡魔之黑水」。可是，如果天堂沒有咖啡，我情願直接下地獄。

橫豎我知道，下地獄，章澈也會陪我去。

章澈聽到我在深呼吸，笑着說：「天氣熱，我流了一身汗，氣味不好，太為難你了。」

我閉上眼睛，想再霸佔他的肩膊多一刻，挑戰超越朋友之間依偎的時限。但與此同時，我必須在章澈不自然的抽身前，先行站起來。

我心裏數一二三，然後，我睜開雙眼，將頭顱移離了他的胳膊，用有點誇張的動作伸一下懶腰，「好了，又要開工了！」

我仰起頭，把咖啡喝到一滴不留。把最新出版的一期《惡男》留給了章澈，「我回公司了，繼續營造勤奮員工的假象。」

步出咖啡店，回頭見章澈正收拾杯子，我衝口而出：「喂，不准隨便讓其他女客人靠着休息！並非每個都像我般厚道，不乘機侵犯你肉體啊！」

章澈向我露出「看吧，此妞又說瘋話了」的沒好氣表情，我才把耳筒重新塞進耳窩，笑笑離開了。

* * *

郭子瑜正在公司埋頭寫稿。

她負責雜誌的新產品介紹，告訴那些有錢卻不懂花的男人，這個月該如何玩物喪志。

她抬起大眼睛，下面掛着更大的黑眼圈，「你回來實在太好了！幫我寫一段新款手機介紹，這裏是資料。老總急催交稿。」

我接過一疊產品宣傳單和相片，「你為甚麼不叫他幫你寫？他不是你的男朋友嗎？」

「在公司範圍內，他是我老闆，今晚吃飯時才教訓他。」

我想敷衍過去，「其他男同事呢？」

郭子瑜眨一眨她天真無邪的鳳眼，男人就會排隊來救急扶危吧。

「以那群男人的水準啊，他們寫完我還要改半天……喂，你到底要不要幫我？」

我倆在四十分鐘內合力完成了，傳出電郵的下一秒，郭子瑜已急不及待從手袋拿出鏡子，近距離檢視她的黑眼圈。

「放工後，陪我去海港城買眼霜？」

「你一星期玩少一晚，就可以省掉這些錢。」

「別開玩笑了，我辛辛苦苦工作又是為甚麼？」

我不理她，打開電腦，開始寫今期的人物專訪。郭子瑜完成了自己的工作就有心情騷擾我，「喂，那個晚上，你跟何禮言怎樣了？」

我聳聳肩，一雙眼繼續觀看電腦熒幕。

「他問我拿你的電話號碼呢！你沒有給他嗎？」

「這甚麼年代了，不是跟每一個人都要留下聯絡方法的吧。」

郭子瑜撐着下巴側頭盯着我，我拿她沒法子，停下鍵盤上的手，把工作椅轉向她，正面問她：「小姐，又怎樣？」

她用無辜少女的表情搖搖頭，「我只是打從心底裏佩服你！別人頂多是『上床是朋友、下床繼續做朋友』，但你進化了幾代，居然連做朋友這個步驟都省了！」

「喂，話說在前頭，我沒跟他上床。」

「不是沒上床，只是還未上床。」她猜：「你正在誘惑他吧？」

「你別把自己的慾望，投射在我身上吧。」我說：「對啊，你現在和老總分手，這個世界還有四十億人，可滿足你對異性的飢渴。」

「別破壞我形象！我很愛史提芬！」她昂起頭向着天花板的白光管，宣讀愛的誓言，那個「很」字還要加重語氣。

我故意氣她，「你肯定史提芬沒有背着你和其他女人鬼混？畢竟，他只是一個四十歲、保養得宜、又懂得電影文學手錶名車和美酒的暢銷雜誌老總而已。」

「我才沒有像自己外表般的天真……」

我笑着打斷她的話，「半點也看不出來，但請繼續。」

郭子瑜呶一下嘴巴，她的神情變得嚴肅了點，用宣誓般的慎重語氣說：

「就算他有其他女人，我也絕對不會越軌。因為，女人可不是 GPS 全球定位系統，不可能廿四小時嚴密監控着一個男人，所以，肯定無法制止男人出軌的吧？唯一可做的，就是預設性的原諒那個男人，但願他時刻也對我保持內疚，那麼，他對我就會難捨難離了！」

我聽後啞言，郭子瑜當真沒有像她外表般的天真。原來一個看似很蠢的女人，面對愛情也有其老謀深算的地方。

我小聲問：「你跟他一起後，真的沒有和別的男人……」

「沒有，一個也沒有。」她說得斬釘截鐵的。

我相信她。

只要出於自願，女人身體就有守護機制。

五秒鐘後，我又忍不住問：「這算是報復嗎？」

「不是啦，這是我叫他更憐惜我的方法！」

「用自己的身體，但求換取男人死心塌地的憐惜，這就是你堅貞的理由？」

「男人最大的驕傲，在於完全佔據一個女人的身體。我是他獨家的，其他女人可以做到嗎？所以，他離不開我。」

我心裏愈來愈驚異，也真心佩服郭子瑜。她能夠把愛情像產品資料，看得毫不含糊。當人們為了一枚新款手機的外型而着迷時，她卻會理智地揭閱說明書評價其性能。

其實，不好言明的是，我比任何人也更偏執地相信，愛情就是要攻佔一個人的心，繼而，將那個人的身心完全蠶食。

為了使我深愛的男人能夠多看我一眼，即便要賠上身體和靈魂也在所不計。

* * *

每逢要趕埋版印刷的日子，注定要加班，我一直工作至晚上九時，郭子瑜挽着史提芬的手臂提議去喝酒，她好意地邀我同往，我婉拒了，告訴她我還有大半小時才完工，只想第一時間趕回家洗澡睡覺。

「別讓我發現你偷偷一個人去了蘭桂坊！」

臉色發白的我苦笑了，佩服她永遠不會錯過任何一個餘興節目，工作得天昏地暗老半天了，她竟像睡足了十個小時的精力充沛。

我向她身旁的史提芬點頭微笑，「辛苦你了。」

史提芬向我露出一個饒有深意的笑容。

十時半，我才回到家中，習慣性的開啟了筆電，看看facebo O K的messenger，章澈的照片旁沒有綠點，表示他不在線。

我和他有很多不約而同的生活習慣，又或者，相處多年後，我倆早已潛移默化，將對方的習慣變成自己的了。我知道，他一回家也會像我般，慣性地打開筆電上線。

他不在線的話，就表示他不在家中，或跟誰正在約會中吧。

我經常想撥通電話給他，卻想不到可說的話題。總不能每次都無聊地問「你在做甚麼呀？」，就算是好朋友，也不會如此緊密地詢問對方行程。

我一直幻想，他正跟厭惡的人無味地吃飯，借故走開去，一刻的心血來潮，會打電話給我問我在做甚麼啊？正在跟甚麼人吃飯啊？會不會也在享受着無趣又無謂的一餐？

雖然，此事從未發生過。打從我倆分手以來，他再沒有沒事打通電話來。除了戀人以外，會有事沒事打通電話給你的，一是暗戀你的人，二也是暗戀你的人。

洗澡後，躺在沙發上吃氣炸鍋的點心，看筆電內的 youtube 音樂影片，見到佔着熒幕一角 messenger 的章澈，名字旁亮起了一個綠點，我心裏一喜，在鍵盤打上：

「你好！」

「你好！」

我思索着緊接的話題。

「一個人？」

「不，有人上我家了。」

他加上一個笑哈哈臉在句子末。

我當然知道某人是誰，所以，我若無其事地寫上：

「嘩，你看起來很開心啊！某人今晚會在你家過夜？」

過了兩分鐘，他的信息才傳來。

「不知道啊。他叫我做甜品，不和你談了。」

章澈名字旁的綠點瞬即消失了，我一怔，連回一句「好吧，再見」也來不及。

盯着電腦熒幕，忽然想到，我的快樂和哀愁竟被一個小綠點所操縱着，實在太可悲了。更可悲的是，在他忙着歡度一個甜蜜晚上的同時，不會察覺我的寂寞感。

相比起剛才漫無目的地等待，看着章澈如同「別打擾」的離線狀態，我的情緒跌至新低點了。

原來，快樂才是寂寞的元兇。

嘴唇沾到一滴甘甜的快樂，然後，再掉進寂寞的大海裏，大口大口的喝下鹹水。我活像漂浮在大海上，拚命地仰起頭等待天空下雨。

作為一個過去式的戀人，我比起任何一個女人更加相信，一對戀人分手後可以做親密的朋友，甚至乎，天真地相信，身體和皮屑仍殘留着可以重燃的愛情灰燼。

而事實上，我也必須強迫自己深信不疑。否則，我便成了一個不要臉扯着舊男友的腳不放的麻煩女人了。

＊　＊　＊

又是一個漫漫長夜。

我打開電視機，在串流平台搜索，少説有兩三百套電影或電視劇可選，但每一套皆令我提不起勁。

悶極了的我，拉開了電視櫃最底的抽屜一看，裏面有很多舊DVD和VCD，甚至有幾盒古早年代的錄影帶。而兩部舊數碼相機和一部老V8錄影機，則擺放在抽屜最深入的一個角落，長年不見天日。

章澈告訴過我，很多電影只推出過錄影帶、VCD或DVD，由於缺乏商業價值，已無緣放上串流平台，這叫世上有超過七成的電影，在時光的洪流裏從此消失得無影無蹤。

見到一隻《野性的心》VCD，我的回憶馬上回來了。這是章澈和我也非常喜歡的一套愛情電影，不不不，説 *Wild at Heart* 是一套愛情電影可能不對，戲中更有畸邪、殺人、狂暴，甚至公路電影的劇情。到了戲末，卻又感動得要死……印象最深刻的一幕，是男主角把一個傷害女主角的男人揍得連頭骨也變了形，讓吃着甜爆谷的我頻呼過癮。

我搜尋買回來但從未看過的 DVD，但當見到幾盒 V8 錄影帶，不禁心血來潮，拿出其中的一盒，放進壓在串流平台盒子下已有太多年沒開動過、已鋪了一層厚厚灰塵的錄影機內，又再重播那些錄像。

那是我和章澈第一年拍拖的事了，我倆當時購買了一部比起手掌還要細小的二手手提錄影機，是新手試機的學生習作。

「喂，你按下錄影沒有？」熒幕中，我對着鏡頭叫。

「已經開始錄影啦！」章澈的聲音傳來。

「我該做甚麼好？」

「不知道啊！隨便做甚麼都好，跳一支舞吧。」

我向鏡頭扮鬼臉，那時候的我束着馬尾。「我才不做這種蠢事！以後你拿出來播給朋友看，我顏面何存？」鏡頭劇烈地抖，對焦忽遠忽近，有十幾秒鐘又忽然變了黑白片。

我記得當時，章澈正在嘗試攝錄機的各項功能。

我拿起了一個蘋果，笑說：「呀，我知道！我表演削蘋果！」

章澈笑聲，「好無聊啊！」

「我可是削蘋果的高手呢！」我拿起小刀，開始聚精會神的沿着蘋果的圓周削皮。章澈把攝錄機趨近我的臉特寫，我緊張地叫：「你別靠太近，我一分心果皮就會斷掉，那很不吉利的啊！」

「有甚麼不吉利？」

「傳說中，削斷了蘋果，我未來的老公就會慘遭不幸，更有可能死於非命！」

我當然是在恐嚇章澈，但章澈也真的受到了恫嚇，攝錄鏡頭即時推遠，他也乖乖的不敢說話，直至一分半鐘後，我用勝利的表情舉起一條完整的蘋果皮向鏡頭展示，鏡頭外傳來章澈的一聲喝彩。

那時的我穿淺藍色的直筒牛仔褲，醜出宇宙。

我切出一片蘋果，遞向鏡頭，「要不要吃？」

章澈把攝錄機的鏡頭轉看，攝進我們緊靠在一起的臉，我把蘋果餵進他口中……

我盯着電視上的每一幕，充滿着懷念。

前陣子，在街上碰回十年不見的中學舊同學，她驚訝地說我的樣子一點都沒變。但是，看着錄影帶裏我和章澈稚氣的臉，竟然覺得很陌生，我知道自己的樣子其實已變了很多，不復當年了。

鏡頭一轉，我在書桌前看課本，發現章澈的攝錄機，苦着臉說：「太多課讀不完，怎辦？」

「哪有人像你把課本由頭背到尾的。唉，你這種死心眼，除了我沒有其他人會喜歡了。」

把心一橫把課本合上，我站起身來，「喂，舞吧舞吧舞吧，不如拍我跳脫衣舞？」

說罷，我一邊後退，一邊對鏡頭哼着歌挑逗的解開鈕扣，身後的背景是章澈以前的家，他爸媽去了上班，我們就藉詞溫習，在他家玩上半天。他家的擺設我到現在仍然很記得。我脫掉毛衣，擲向章澈，他一避，鏡頭劇烈晃動。我一步步退進洗手間內，把T恤脫掉只穿着白色的胸圍。

章澈的叫聲：「且慢，你真的打算脫清光啊？」

「你怕拿不穩攝錄機嗎？」

「不要脫啦，現在是冬天！」

我伸出手，「好，換我拍你！」畫面轉成章澈的臉，他穿着那件他最喜歡的藍色毛衣，我跟他說：「喂，走進浴缸裏！」

他不是個喜愛被拍的人，自拍更是絕無僅有。他給鏡頭對準了，神情和動作即時變得僵硬，「我又不要沖涼，為何要走進浴缸啊？」

「我會拿一把膠刀，扮作要殺了你啊！演啦！」我一邊哼着*Psycho*的恐怖配樂，一邊做動作指導：「扮作在洗澡的樣子……對！要享受一點，撫摸自己，繼續繼續！」

忽然，花灑噴出猛烈的水源，將章澈由頭到腳淋得濕透，他狼狽得睜不開眼，我卻在鏡頭外瘋狂大笑，笑得連影像也像七級地震。當然是我騙他進浴缸內，趁他不覺將水龍頭扭到最大。

「看你還敢不敢說我死心眼！」我按住他不准他逃出來。

章澈放棄掙扎，笑着向我潑彈手中的水，讓鏡頭也沾濕了……

看着看着，我不自覺的淚流滿臉。

我錯了，一個人的晚上，不該翻看舊錄影帶。

每一次，我都會忍不住哭。

章澈早已忘了有這一盒錄影帶吧。

是的，世界變化的速度太驚人，已記不起在某年某月，攝錄機被數碼相機完全取代了。再過幾年，攝錄功能更驚人的手機，又成功擊退數碼相機。而我那部單手可握，如今看來卻顯得巨大又落伍的手提攝錄機，一直被投閒置散，靜靜躺在抽屜的最下格。

過去的甜蜜旖旎，對於正在沉醉在新戀情中的人們，只是多餘又零碎的人生片段。

與此同時，對於仍沉溺在舊戀情裏的人，卻已是僅餘的一切了。

＊　＊　＊

我去廚房斟了杯水，路過電腦前，沒想到會見到章澈的留言，剛才我播錄影帶時，聲音開得過大，完全掩過了電腦的提示音。

他廿分鐘前留下一句：

「睡了嗎？」

我見他仍在線上，即時回話：

「某人呢？」

「走了。很累，我先睡了。」

「哈哈，大戰完畢，當然很累了！」

我總覺得，我有做鍵盤戰士的潛質，愛煞這些能夠選擇對方看不見我的表情、聽不到我語調的溝通方式……嗯，老樣子，我用開玩笑的語氣，說着正經話。

「沒有啦……你也早點睡。」

「好啦，晚安囉。」

「晚安。」

他送我一個黃月亮的 emoji，便離線了。

我把電腦關掉了，回頭，看電視機給我定格了的畫面，是章澈燦爛又年青的笑臉。

「你這種死心眼，除了我沒有其他人會喜歡了。」

他已經忘記自己說過這句說話了吧。

第三章

令女人心臟變輕的分手理由

兩天後，我接到一通陌生號碼的來電，攔截廣告電話的 app 並無把它過濾，我讓電話響了十秒鐘，決定接聽。

「你好。還記得我嗎？我是何禮言，那夜在酒吧，那個牙醫……」

「我記得。」我問：「你怎麼會有我手機號碼？」

「郭子瑜告訴我。」當然。

郭子瑜到底是不是心理不平衡？她自己不去偷情，卻喜歡看到旁人鬼混。

我狠毒地揭穿：「她不會突然告訴你吧？除非你走去問她。」

何禮言在電話那頭靜默兩秒鐘，坦承：「是的……因為，我想為那晚的說話道歉，我並不是真的把你看成那種女人，也許，我是被郭子瑜的話影響了，所以我，才會向你提出那個……就是那個再去其他地方……」

真要命，他一如我想像中的不善辭令，我無心聽他告解，乾脆打斷：「我接受你的道歉。」

他恍似鬆口氣，語氣活潑點：「我可以請你喝下午茶嗎？我的意思是……假如你現在有空閒。對不起，下午四時，你該在工作吧？我會不會妨礙着你？」

「我現在有空。」他真好運，我剛採訪完一個從未搭過地鐵，不懂得使用八達通的二世祖。

「我沒其他意圖，只想請你喝一杯茶，就當作是賠罪，只此而已……」

男人這一句是心虛，即是有其他意圖，好吧？

我掀一下嘴角，「你知道史丹頓街嗎？有間店叫『藍咖啡』，我在那裏。」不知何解，我今天的耐性特別好。

「我的診所在上環區，我會google一下。」

「非常好，半小時後？」

掛線後，在吧枱後正送走一位外賣顧客的章澈，隔着垂下來的攀藤笑，「新男友啊？」

我不置可否，心裏卻暗喜，他有偷聽我講電話。

他叫：「別對男人太兇啊。」

「真不明白你們，為何總愛把我說成兇猛動物。其實，沒有比起我更溫柔的了！」我不吐不快：「那些嬌聲嗲氣的女孩，騙男人入局後，才逐漸變回母夜叉。本小姐坦蕩蕩的，待人以誠的，只化妝而不喬裝的，你們卻怪我不可愛！」

聽完我的長篇闊論，章澈忍俊不禁，「感謝你還自己一個清白，但我也要嚴正聲明，我沒有說過你不可愛啊。」

我看着他，「你認為我可愛有甚麼用？你又不可愛我。」

他用那種溫柔得像Cappuccino拉花的笑容作回應，這次算我贏。

只不過，也須承認，我那句「我可愛，可憐沒人愛」的話也真的超爛。

是的，就算到了現在，章澈和我仍是在不停鬥嘴。

一切依舊，我總愛用說笑的語氣來講認真話，章澈總愛把我認真的話當作玩笑。

廿四分鐘後，何禮言火速到達，我站起身，收拾煙包也抱起雜誌，「走吧。」

「這裏不好嗎？」

他仰起頭環視咖啡店一室海藍色的裝潢，神情有點驚艷，好像捨不得離開。

「我喝一杯咖啡坐老半天，老闆快要用掃帚像垃圾般掃我走。」

我瞄一眼章澈，他正用乾布抹着吧枱，一張臉似笑非笑的。

步出咖啡店，何禮言提出幫我拿雜誌，我遞給他，他打了個噴嚏。

「感冒了嗎？」

「不，鼻敏感，我對香水敏感。」

「嗯哼，你有難了，我最愛塗香水。」我嗅嗅自己的手腕，「除煙味三寶：香水、口香糖、潤手膏。」

我倆走到兩條街口外的一家連鎖咖啡店坐下，我點了咖啡，他居然叫熱綠茶。

「這裏的咖啡還可以啊。」

「我不喝咖啡奶茶，會剝蝕琺瑯質，在牙齒留漬。」他邊付款邊說。

我瞪大眼睛，忍着笑的點頭。

找到沙發座坐下，對面的何禮言忽然一本正經說：「來，張開口讓我看看。」

「在這裏？」

我張開口，何禮言探頭仔細的審視一會，「你別嚼口香糖了。」

真慶幸他沒隨身攜帶小手電筒，否則我會撞牆死掉。我問：「為甚麼？」

「你的牙齒咬口不好，大牙長期受壓。唔，你也有磨牙的問題吧？而且，有牙筋神經痛，嚼口香糖只會使情況加劇。」

我一怔，終於按捺不住，狂笑了超過十秒鐘。

何禮言一陣尷尬，「我說錯甚麼了？對不起，這是我的職業病，每次認識新朋友，我也會忍不住看他們的牙齒……我是個怪人吧！對不起，其實，你的牙齒也沒有太大問題。」

「不。」我扶着額角側頭看他，「你有沒有發覺，你平時說話破破斷斷很沒安全感，唯獨一講起牙齒，就變得非常有自信？」

他渾然不覺，一頓，「是嗎？」

有專業技能的男人自有其魅力。

我問：「後悔約我出來喝下午茶了吧？香水、香煙、口沒遮攔。」

「我不覺得你口沒遮攔，你也沒有在我面前抽煙，只是香水這個問題啊……」他擦擦鼻子。

「搽香水，該是我的死穴吧？」我說：「每次結交一個男朋友，我都愛塗另一款未試過的香水。」

「為甚麼？」

「想轉換一種全新的味道啊，也可換一種全新的心情。然後，跟那誰分手以後，偶然再嗅到那氣味，又會情不自禁懷緬一下舊感情。」

「你用過那幾種香水？」他興趣滿滿地問。

「Channel No.5、Clinique Happy、Calvin Klein 的 CK One、Burberry 的 Brit……咦，再數下去，你豈非計得出我有過多少個男友？」

何禮言計謀敗露地一笑，「那麼，你現在塗的是甚麼香水？」

「Jo Malone。」

「那個幸運兒是甚麼人？」

想了兩秒，我才明白他話裏所指，「啊，沒有，我沒有男朋友時，就會塗這枝香水，它也是我第一枝買的香水。」

他忽然說：「也就是說，你跟初戀男友分手後買的第一枝香水？」

我垂下眼，執起杯耳，呷了一口咖啡。

他見我不說話，道歉說：「對不起，我又說錯話了吧？我只是亂猜，當然，你不一定是由於那個原因，才喜歡上這款香水。」

我沒上心的搖搖頭，再次抬起眼，清心直說：「居然瞞不過你啊。而且，你斗膽直指出來，彷彿提醒我要記住那回憶，像你這種男人也不失可愛。」

受到盛讚的何禮言，咧嘴亮出了整齊潔白的牙齒。

*　*　*

Jo Malone，我跟章澈分手後買的。

我人生中的第一枝香水。

因為，拍拖六年後，我猛然發現，由頭髮到衣服都充斥着章澈的氣味，洗了一百次澡也沖不掉，彷彿我和他的氣味已混為一體了。

又或者，這全是我的幻覺也不一定，可是，當時的我，承受失戀的打擊實在太重太重，簡直像得了思覺失調症，不給自己一點慰藉，不救亡自己，真會捱不下去了。

分手的原因，是那個該死的大一遊學團。

大學一年級的暑假，章澈要參加為期一個月的倫敦遊學團。不知緣故的，我不希望他前去，游說了他老半天，愈講愈發覺自己於理不合。

也許，當時的我，仍執拗於理直氣壯和理虧的那種非黑即白的感受，卻不肯相信女人無緣無故的第六感，結果便出事了。

章澈起程的那天，我大清早去送機，他的一大群大學同學都進海關了，我仍是拉着他的手不放。

「別玩得太開心，太開心你就不會回來。」我自私地說。

「不回來，又能去哪裏？難道，我留在英國唐人街當黑市勞工？」

「我怕一個月後，你會習慣了沒有我，不回來我身邊了。」

章澈摸摸我的頭，「傻瓜，我會回來的。」

我仰起臉看他，他愈安慰我，我愈不相信他。男人要離開你的時候，總會安慰得你最落力。

出發去倫敦之前，章澈在香港買了一張漫遊電話卡，準備好要跟我常聯絡。可惜，不知遇上甚麼線路故障，在英國無法開通。他只好在自由活動時遍街去找電影中那種紅色電話亭，打長途電話給我，每次說不上三分鐘就沒零錢了，通話總被硬生生地截斷。

那年，仍未有WhatsApp和各種免費的通訊軟件，用手機傳個跨國簡訊也有字數上限，更遑論傳照片了，他只好補償似的寄了很多明信片給我，仔細敘述他到過甚麼地方上了甚麼課程，但他描述得太精彩，我嫌它們更像旅行社單張的景點介紹。

我把明信片貼在床邊的牆上，晚上盯着它們入睡。

我要求章澈在明信片的一角，寫下倒數歸來的日子，這使我得到莫大安慰，看着數字不斷遞減，我的心才能慢慢落地。

但那時候，我還是太年輕，少不免粗心大意，沒有察覺當中微細異樣。

然而，正如絕大部份沉溺於戀愛中的男女，多數會有目盲症，只看到自己希望看到的東西，不想看的則避而不顧。

章澈力勸我不要回信，因為他住的廉價宿舍，拒絕為短期宿生提供郵遞服務，我寄信來，只怕也是石沉大海，被宿舍總監丟進火爐裏生火暖手。但我還是固執地回了信，從文具店買來一大堆漂亮的日本玩偶信紙，每次都寫滿整整兩三頁，夾進信封裏，沒有寄出，打算等他回來時，沉甸甸的一疊交到他手上。

雖然很傻，但我不後悔這樣做。當時不後悔，現在回想起來也不後悔。因為，相比起現在因太簡便而變得無關痛癢的簡訊，當時這些真信件來得有質感得多了。

八月底，章澈隨團回港，外表半點沒變，體重也沒有因為一個月吃馬鈴薯和炸魚薯條而暴脹，可是，他確實有甚麼已經不一樣了。

我查過，航機抵達香港機場的時間是凌晨三時四十分，但他居然沒有第一時間打電話給我報平安，而是直接回家，翌早十時十分才致電我：「我回來了。」

「我有沒有手信啊？」

我盡量表現得雀躍，沒有告訴他我昨晚難以入眠，我一直看廿四小時的新聞台，害怕會見到一則突發的空難報道。

「有啊，我遲些會拿給你。」

「就現在啊！我們去吃牛腩麵，你在英國掛死那港味吧？」

「現在不可以，我爸媽要我跟他們上酒樓飲茶，很對不起。」

「為甚麼說對不起？難道他們會禁止我們見面？」

「不是。」

「那就不用說對不起啊！去共敘天倫之樂吧，我們見面的時候多着。」

章澈在電話那頭怔住了，有可能太詫異於我忽然的善解人意。

我平日脾氣大，他一句開罪了我，我下一句就會把他罵個狗血淋頭，可是我這一次並沒有，我也不明白為何沒有，我用愉快的聲音說了拜拜，爽快便掛線。

也許由於，我感受到暴風雨即將來臨，所以，才會不厭其煩的用膠帶封好我的每一道窗戶。

隨後，我和章澈各有各忙。我幫學生會搞迎新營，章澈沒有參與，他說從倫敦回來後覺得太累了，短期內也受不了另一次群體生活。況且，他也討厭迎新營遠近馳名的性變態遊戲。

開學前，我們見過兩次面，都是一大夥同學的聚會，在酷熱天氣警告的日子到燒烤場火上加油似的野餐，到卡拉ＯＫ唱歌唱到翌日失聲，兩個人沒有機會單獨說上超過十句話……我寫給章澈的信，還埋在家裏書桌抽屜的最底層。

我在猜度，章澈是否正在逃避跟我獨處呢？

每次見面，他沒半點異樣，但也由於這樣，我感覺就像另一個人很稱職的飾演着章澈，但真正的章澈早已不在了。

我多次想問個一清二楚，但每次也小心警告自己要三緘其口。但那種預感似的擔憂，一直以幾何級數遞增，使我患得又患失。

大二，正式開學的第一天，學生擠到教務署換領全新的電腦晶片學生證。我隨長長的人龍排隊，差不多輪到我時，離遠見到穿着紅啡色格子襯衫、腳踏黑色布鞋的章澈，我舉高手在空中揮動，呼喚他前來插隊。

很奇怪地，章澈的神情一陣抗拒，他向我搖搖頭，欲要排到龍尾去。我馬上不高興了，指着我身邊的地面，用眼神立令他馬上過來。

章澈猶豫一刻，始終也是遷就了我，慢慢走到我身邊來，「這不太好。」

他瞄瞄我身後那一群怒目而視的學生。

「有甚麼不好？你是我男朋友！」我瞪回那群怒目而視的學生，令他們無語。我把章澈拉到身旁來，問他：「舊證有帶在身上嗎？」

「甚麼舊證？」

「你沒有看電郵通告？大一的舊證要交還啊！」

「我回宿舍拿。」

「我陪你。」

「不用了。」

「沒關係，一起去啊。」

突然間，我乍見章澈的臉上，流露了一抹厭煩的表情。

他恍如即時自覺到了，所以，那個神態就像一下閃燃，他的臉即時回復柔和，用更注意自我形象的柔和語氣說：「真的不用了，我自己去就可以，你先辦登記吧。」

但我畢竟已留意到了，那是我不該察覺的。

我沒關係，有關係的是他。

目送章澈離開，心一直無底洞似的沉下去。明明是炎夏，但我卻感到陣陣涼意。我們在一起六年了，不用他說出口，我知道他變心了。

九十九點九巴仙，是他遊學時認識了同團／他團／別國的女人，發覺原來跟我這般任性的女子戀愛，原來也非他人生中的唯一選擇，於是決定移情別戀，談另一場愉快輕鬆、有益身心的戀愛。

是的我也明白，以章澈溫婉有禮的性格，不懂如何婉轉告知我這個壞消息，便只好像玩躲避球，盡量躲得老遠的。也許，他正在努力草擬一份分手宣言，盤算着如何分才不致使我離得太傷心。

我是何其的幸運呵，交到這樣窩心的男朋友。

晚上回家，我很早就關了睡房的燈，把被子蓋過頭睡覺。章澈應該有打過電話來，因為我一早便關了手機，但仍是隱約聽到母親在客廳接聽電話的話：「欣圖啊，她的房間已關了燈囉，該已睡了。」其實，我塞着耳筒聽收音機，徹夜難眠。

深宵節目電台男ＤＪ接聽聽眾電話，每把聲音都像死了全家的沮喪，清一色訴說着失戀之苦。其中一個女孩說她被男朋友甩了，她卻無法忘記他，也不知道以後在學校見面時該如何面對，她說她傷心得像得了末期癌症，十分肯定地說她是無論如何都沒法痊癒了。男ＤＪ問她是第幾次拍拖，她答第二次。男ＤＪ立刻以專家的口吻，閒閒地說：「才第二次啊？愛情經歷那麼少，難怪會覺得受不了。等你談過十次八次戀愛後，就不會為了分手而大驚小怪了。不經歷幾次失戀，怎會知道甚麼叫愛情！第一次戀愛滿以為沒有那個人會活不下去，第二次仍是會傷心得死去活來，到了第三五七次，已不會有多難過，第二天起床，便會去找下一段戀情了！」

我簡直難以置信。

原來從一而終，已變得不合時宜，初戀理應抱着必敗必散的心態，有過十個八個男人才懂得駕馭愛情。這些電台主持不知哪來的資格教人戀愛的真諦，趁着聽眾受到失戀煎熬、心靈特別脆弱的時候，不負責任的灌輸似是而非的歪理，簡直就是大言不慚！

我爬起身來，寫了一封臭罵男ＤＪ的電郵，傳到他提供給聽眾的感情郵箱去。我氣得面紅耳熱，精神抖擻的聽着那個節目一直到六時。最可惡的是，男ＤＪ居然一直不讀出我的投訴信，只揀選那些盲目崇拜他的笨蛋聽眾來朗讀！他懂甚麼愛情呢？氣得我眼淚也流出來了！

六時半，我才倦極昏睡過去，十時才轉醒，第一天正式上課遲到了一個小時，掛着熊貓眼聽了十分鐘課便打起瞌睡來。

下課時，看見章澈在走廊朝我的方向走來，我飛快地從側門離開了。午飯後的課，我坐在演講室後排座位，在上兩層樓上課的章澈，課前走進來用眼睛搜索我，見到我後，心事重重走向我。

我一陣心寒。

「下課後，我有些話想跟你說。」

「下課後，我有事。」

「十分鐘就好。」

「我沒有十分鐘。」

章澈苦笑，但他的性格，不會在其他學生面前作真人秀。他只好一臉黯然地離開了演講室。

這種景象似曾相識，熱戀時，他也會逗回生氣的我。可是，我現在的感覺卻差天共地，不得不承認，我已失去當時有恃無恐的優勢了。

所以，我要表現得更冷漠，對他更不屑一顧，否則，我就要當着我二百個同學面前哭出來了。

下課後，我腳步平穩的走下三層樓梯，吃了一客法蘭克福腸拌蛋沙律、喝了一杯無糖可口可樂，再走三百二十七步，到大學書店買了兩本參考書，乘三十號小巴花廿四分鐘到達金鐘地鐵站，經過五個站，步行回家，晚上吃了兩大碗飯，看了四十六分鐘電視，然後回房關燈，躺到床上。

我不會死掉，我告訴自己，失戀是不會死人的。

半夜時分，我走到廚房，從母親收集膠袋的櫃裏找來一個屈臣氏膠袋，把抽屜裏寫給章澈的信全裝進去，拿到後走廊丟掉。

凌晨四時，我趕及在垃圾工人收集垃圾前，把屈臣氏膠袋取回家。

最後，我決定把膠袋塞進衣櫃的最深處，用一件最厚的雪褸蓋住。

我相信，假以時日，我就會忘記它們的存在。可是，要我在這麼一刻棄掉它，我真的恕難做到。

……這就是第一次失戀的感受嗎？

其實，我也可問個明白，深入探究死因，然後充滿電影感的摑章澈一巴掌，以勝利者的姿態離場。可以，我卻像靈魂出竅了，俯瞰自己已無氣息的軀體，救護員正在努力替我做心外壓，我卻惘惘然的不想垂死掙扎了，只想置身事外。

我決定了要任由感情在沉睡中安樂死，失戀也要失得耍帥一點。轟烈分手會來得痛快，但我還是希望用另一個方法來體驗失戀陣痛。

失眠兩晚後，我發覺，原來一個人靜靜的痛，才是最佳療程。

不要打電話到電台，不要找人傾訴，一個人捱過陣痛，把疼痛變成每日生活的一部份，然後，慢慢就不會再察覺它的存在了。

就像，我埋在衣櫃裏的信一樣。

＊　＊　＊

我買了第一瓶 Jo Malone 香水，每天塗很多才去上學。

我和章澈在一起太久了，渾身都是他的氣味。或許，那是我的幻覺也說不定。又或許，就像很多女人失戀後會揮剪長髮，但我沒有，我選擇塗着香水走來走去，讓我覺得可抽離自己一點，堅強一些。

我行屍走肉度過了整個十月，章澈居然一次也沒再來打擾我。也許，他滿以為我需要一點時間。直至，十一月的第一個星期五，他才打來了第一通電話。

他的聲音好像從外星來的電波。

「我有件事想跟你說，可以出來見面嗎？」

「到現在，還有需要說的嗎？都這麼久了。」

「我真的想跟你說說，我希望……跟你第一個講。」

「好，你講！我在聽着。」

「在電話裏不好說，見面才說。」

「明早我有導修課，十二時半，我到莊月明的飯堂找你？」

「一言為定。」

十二時廿分，我提早抵達了飯堂，章澈跟一個女孩坐在一起，女孩狀甚愉快的不停說話。

她一點也不美，有一塊很大的圓臉。我平靜走上前，落落大方說：「介紹一下吧。」

章澈抬起頭，看看女孩，對我說：「她是我同組的同學。」

女孩跟我點一下頭，站起身跟章澈說遲些見，便折回另一桌，跟幾個似乎跟她約好的朋友在討論吃甚麼東西。我還以為她是章澈的新女友……也可能是啊？她也是故意落落大方，讓章澈跟我單獨講清楚嗎？

我坐到他對面去，若無其事地笑說：「怎麼瘦成這樣？」

章澈撫一下臉，「有嗎？」

「瘦得像曬乾的魚呢！喜歡我的新髮型嗎？」

「很好看。」

「我發現自己電髮也不錯……對啊，我想吃窩蛋牛肉飯，你呢？」

「我不餓。」

「喂，表情不要那麼難看！我今天跟你見面，可沒抱任何期待的啊。沒問題的，我知道我們分手了，你想說甚麼也不用覺得難啟齒。可是，至少要跟我吃一頓飯！我不知道你，但這一個月以來，我很餓啊！」

章澈猶豫一下，順應了我的要求：「我要鳳爪排骨飯。」

「我來買！」我小心翼翼的走向收銀處，小心翼翼的不讓自己在途中摔一跤，叫章澈看得出我近乎虛脫的緊張。

捧着兩客飯回到桌子，我低頭一匙一匙的吃，章澈卻沒有碰他的飯。

他盯着我，我卻故意不看他。

「欣圖。」

「嗯。」

請不要再用這種溫煦的語氣喊我名字，我會哭出來的。不要。

「我即將要說的，你可能接受不了，但我希望你會嘗試理解。我考慮了很久，決定第一個跟你說，我在想，也許你是唯一能夠明白我的人。」

我抬起臉，是分手的懺悔演說吧？我嘴裏一邊嚼着碎牛肉，一邊故作輕鬆地說：「我已準備好了，你說啊！」

章澈彷彿艱難地思索着用語，這使他的說話比平日更緩慢：「這些日子以來，很對不起，我知道自己一定傷害了你。可是，我需要時間。需要時間去整理我的思想，判斷我的結論……相信我，我曾經非常認真的去喜歡你。」

我的心揪緊，默默點一下頭，看着桌面上兩粒未清潔好、乾涸了的飯粒。曾經……非常……喜歡過……我早預料會聽到這些字眼，可是，當真正聽到，耳朵仍像被一把水果刀直捅進去般難受。

「我不能再逃避自己，在倫敦時，我一個人透徹地想清楚了，我究竟可不可以繼續扮演一個正常的人？為了做一個世人眼中所謂的正常人，而要一輩子扭曲自己？」

章澈一頓，我抬起頭，和他的目光碰上。

「我喜歡了一個男人。」他似是不自覺地壓低了聲音：「……我是同性戀。」

我隔了數秒才「嗯」了一聲，低頭把窩蛋牛肉飯送進嘴裏。

出奇地，我的心臟忽然變輕了。

這個藉口啊，我在心裏冷笑。難怪，他要想那麼久，但你別管，這樣的分手理由，實在超乎一個女人的預習範疇。

章澈成功地殺我一個措手不及，我已錯過連珠爆發的最好時機了，連想罵他、踹他、報復他也不知從何入手。

他合十雙手，不安的扭着手指，問我：「你有沒有甚麼想問我？」

我告訴自己，沈欣圖你真的好可悲，連一句「合乎常理」的分手台詞也沒得到。

那好吧，我就陪你玩這遊戲。

我問：「從甚麼時候開始？」

「開始？」

「喜歡了那個男人。」

章澈靜默地看我，過了三秒鐘說：「從我去倫敦的旅程開始。」

「會不會是寂寞？」

他搖了搖頭。

「是對方追求你嗎？」

「我倆不約而同對對方有了感覺，再回頭已是難離難捨。」

還有甚麼問題？

我像打開門看見被賊人洗劫一空的家，只覺得甚麼都沒了。

始終無法順遂地問我最想問的一句：「你真的一點不愛我了？」我問不出口，怕會失控地嚎啕大哭，更害怕會聽到不想聽到的答案。

一陣死寂從我和章澈之間游過，我知道，我必須終止那種無意義的追究和索償。

「我明白了，我原諒你了。」我放下匙子，「咦，你還沒吃你的飯。」

「我們還是朋友？」

這是我聽過最荒謬的問題，我們從來沒有做過朋友，我們一直只是戀人。

為甚麼人們總以為做不成戀人可以「做回」朋友？那好像做不成人，便可退化回去當猿猴般的可笑。

但是，我聽見自己說：「是啊，當然是。」

章澈重重吁了口氣，好像完全放鬆了下來，「謝謝你，真的謝謝你。」他開始吃他的鳳爪排骨飯。

我說謊了，對章澈完完全全失望。鑑於他往日癡情的表現，我打死也不肯相信他喜歡了一個男人。假如這是真的，對我來說是太大的侮辱了！

因此，我懼怕得無法加以質問，只想用死因無可疑那個荒謬的原因，把這宗懸案草草完案。

戀愛總有競爭者、分手總有原因，競爭者的身份、原因的底蘊對於已被判出局的人，知道都多餘。

然後，恍如要陪罪，章澈送我一套從倫敦蠟像館買回來的微型披頭四，還有一個用來套進鼻子的小紅球。

「放在案頭上很久了，一直沒機會給你。紅鼻子好像是英國人在某節日上的玩具，是甚麼節日我沒問明白啦，只覺得太可愛便買下來給你了。」

我道謝，把禮物拿回家，跟我寫給他的信一併埋進衣櫃內。

讓它們在那裏，跟我和章澈的愛情一起靜靜地死掉。

＊　＊　＊

我以為，我和章澈會真的就此完結。

儘管唸同一間大學，但校舍佔了半個山頭那麼大，彼此上課的時間大不同，碰不見就不碰見了，未來只會愈走愈遠，畢業後會失去聯絡，幾年後在街上碰面，也因為覺得打招呼麻煩而擰歪面佯裝從沒看見對方。

典型的、分手了的、情侶的，結局。

可是，一個多月後，聖誕節前夕，我在卡拉ＯＫ的洗手間遇上章澈的妹妹，她熱情地上前問候。她是個率真的女孩，我一向很喜歡她。

她問我有沒有見章澈了，我說前陣子考試時在試場外見過後，打聲招呼後就沒再碰面了。妹妹告訴我的話卻使我傻眼，她也有個多月沒見過她哥哥了。原來，章澈跟父母坦承自己的同性戀傾向，毫不意外地跟他保守的雙親大吵了一場。

他被趕出了家門，在外面自己租地方住。

妹妹想前去探望，章澈卻不允許，怕被父母知道了，連她也會被責罵。

妹妹一臉擔心：「不知道哥怎樣了。」

我怔然的佇立着，努力消化她的說話，腦袋卻像瞪着一張雪白的紙張，不知從何下筆。

我只能偉大地說：「我替你去看看他。」

妹妹很高興，第二天她約我見面，把一件她偷偷從家裏捎出來的大褸，交到我手上。

我簡直難以置信，章澈的大褸裏竟還殘留着他的味道，我放近鼻子用力地嗅，眼前不斷重播着章澈在飯堂裏跟我說話的一幕。

分手的憤恨和傷痛，忽然離我很遠。

我首次容許自己，用客觀和抽離的角度，審視我和章澈的過去，然後內疚的發現，章澈以前愛我是愛得那樣用心，像一個明明不是讀書材料卻徹夜不眠死背強記的學生。他的無情分手，也非罪不可赦。當他為愛情落得眾叛親離的下場，我的疏遠才是絕情。

和妹妹分別後，我跟剛結識兩星期的新男友吃飯，他點了根煙遞給我，我卻沒接過，站起身推說我不舒服想回家了。

我從學生會的資料處，找到章澈的新地址，在平安夜晚上，摸上了他的住處，也沒有考慮過他會不會正跟誰在一起。

我只是在想，沒有誰非愛誰不可。但如果我為了自尊，把跟章澈的一切像粉筆字的全抹掉，過去的六年我就是白過了，只留低一板子的遺憾。

一如章澈相信的，除了愛情之外，我和他之間一定還有別的感情，可以在分手後一直延續下去。從章澈的妹妹口中聽到了他近況，我心絞痛就開始。

我用力按了門鈴，章澈打開門，我戴着他送的紅鼻子向他綻開了微笑，遞上從樓下餅店買的兩磅重黑森林蛋糕和用紙袋裝着的大褸，用明朗的聲音說：「聖誕快樂！」

章澈整個人呆住了，超過十秒鐘全無反應。他身後是一間甚麼傢具都沒有、光線不足的小單位，他面色蒼白，頭髮沒修剪，比起我上一次見他更消瘦，穿着三層薄薄的襯衣和兩條褲子，彷彿已把擁有的一切衣服全披到身上去，換一點暖。

啞掉了的他，僵滯的眼睛慢慢泛上一層淚光，然後低下了頭。

「我，不會打擾你吧？」

「打擾我甚麼？」他說。

我看着他的臉，露出了微笑，「一個你不愛的人平安夜摸上你家，不是打擾你又是甚麼？」

「傻瓜。」

我以為他會擁抱我，但他沒有。所以，我也忍住了擁抱他的衝動。

愛上一個不愛你的男人，跟愛上一個 gay 是一樣的。

至於，女人愛上一個 gay，就別大驚小怪了，跟愛上一個不愛你的男人也一樣吧。

第四章

設置陷阱的獵人

回到雜誌社，我敲敲郭子瑜的案頭，笑着警告她：「別再把我的電話號碼隨便給人。」

「為甚麼？」

「我最近不想要男朋友。」

郭子瑜站起身一手按着我的額，另一手按着自己的，我問：「你在幹嗎？」

「看你是不是病了。你最近有點失常，有可能因為太久沒男人！試試何禮言吧，他也蠻不錯的啊。」

「想請問何以見得？因為，他牙齒特別潔白？」

郭子瑜用右手比出一枝手槍的姿勢，「因為這個。」

「這是甚麼？他是個扮作牙醫的殺手？」

「你真的不知道啊？」她把手槍遞到我面前，「每個男人由虎口到食指尖的距離，就是他那裏的長度。」

「騙人！」我笑。

「我可不是胡扯，非常準確啊！人體的比例很神奇，不由得你不相信。每個人由手肘到手腕的距離，就是腳板的大小。」

我伸直手臂，「我的手比一般人長，我的腳板才沒有這麼大。」

「哈，不信的話驗一下。」

我瞄瞄四周，同事們都在埋首忙自己的事情，我坐到書桌前偷偷地脱掉鞋子，把腳翹到大腿上，跟手臂拼對。

「媽啊，是真的！」我驚呼。

郭子瑜得意洋洋的說：「現在相信了吧？」

一把男人的聲音在背後傳來，「你在幹甚麼？為甚麼做一些媲美大媽的不雅動作？」

我回頭瞪着像鬼魅一樣出現的所羅門王，幾乎驚叫起來：「你來我公司幹甚麼？你是怎麼進來的？」

「你那位可愛的接待處女同事，只因我向她單了一下眼，她就給我進來了。」

「他是誰？」郭子瑜一見到好看的男人，雙眼就發亮。

「朋友，普通朋友。」我不理郭子瑜，跟所羅門王說：「你還沒告訴我，你來幹麼？請你別說是來登廣告。」

所羅門王雙手插袋，一貫的懶洋洋，「去鯉魚門食海鮮，章澈叫我駕車載你過去。」

「拜託了，請你先給我一通電話。雖然，在你的人生中應該從沒想過，別人可能也要工作吧？」

「也有想過，但和兩個俊男吃海鮮，總比工作有趣吧。」所羅門王真不知哪來的自信。

「不是每個人也像你般不用工作，你老爸的錢夠你用三世。」

「其實，又何止用三世呢……」所羅門王揮了揮手，有點不耐煩，「那你是不去鯉魚門了？」

我嘆口氣，「你非常幸運，等我廿分鐘吧，我把稿子電郵給總編輯，今天就能暫休一下。」

所羅門王拉來一張椅子坐到我旁邊，翻我的雜誌看。我警告他別翻亂我的案頭。

「你好，我叫郭子瑜。」她向所羅門王伸出玉手，露出招牌的甜美笑容。

這女子，明明發誓絕對不會跟老總史提芬以外的男人交往，但還是喜歡拋媚眼，享受在一個安全的距離被男人迷戀。

所羅門王完全沒興趣跟她握手，只是舉起手掌來，「嗨，我是所羅門王。」

「所羅門王？」

「我姓王，洋名是『Solomon』，中文譯名就是所羅門王。」

「你這個人太有趣了。」郭子瑜笑得開懷，「你平時愛去哪裏活動？」

我盯着電腦熒幕搭腔，「郭子瑜你別浪費電力了，他不會對你有興趣啦。」

郭子瑜扁嘴，「看你緊張成這樣子，也難怪你說最近不要男朋友。」

我失笑，卻不去爭辯，她想像力太豐富了。

坐上所羅門王的保時捷，他像個特技人的在街道上風馳電掣，將音樂開得很大聲，隨着 Justin Bieber 的強勁拍子搖頭擺腦。幸好我中午只吃了沙律菜，否則一定全部回吐。

抵達「藍咖啡」門外，章澈已經鎖好店門，站在行人路上等候。

我下車，爬進跑車後座，讓章澈坐助手席。

我投訴說：「喂，所羅門王，你甚麼時候才換部長轎禮賓車？每次我都要坐 dogseat！」

「對不起啊。」章澈連忙回頭說。

「我不是怪你。」我說：「此外，我也懷疑所羅門王是故意的，他根本不歡迎我。」

「不會啊，他專程去公司接你啊。」章澈總替他講好說話。

所羅門王看着倒後鏡的我，「我媽坐後座時都沒投訴，你真要減肥了，否則沒有男人要。」

我嗆他：「喂，你可代表男人說話嗎？男人喜歡的女人，都有點肉感。」

「我身份證上寫着『M』，而你是『F』，所以，我比你有資格詮釋男人的想法。男人說喜歡他的女人胖胖的，只希望她是肥花沒人要，自己可以少幾個競爭對手。」

「男人都是自私的孬種！」

「女人還不是一樣？君不見男人結婚後都變胖子？那是女人的陰謀，把老公餵肥，叫別的女人看了不開胃。」

「喂喂喂，你先搞清楚，那叫中年發福，你別把男人的不濟都推説成女人的責任！」我爬向前座探頭説。

所羅門王不為所動，用手肘撞撞身旁的章澈，「看吧，這就是我不喜歡女人的原因，她們太愛狡辯，甚麼都不是她們的錯！」

「你們別吵吧，小心前面亂過馬路的阿婆。」章澈苦笑着勸止。

「章澈，你幫我抑或所羅門王？就一句話！」

章澈笑着噤聲。

所羅門王就是章澈的現任男朋友，兩人快拍拖一年了。

所羅門王口中的歪理，永遠都似是而非。有時候，我覺得他並非我想像中的不帶腦袋。雖然，更多時候，他活脱脱就是個不學無術的富二代。

＊　＊　＊

來到鯉魚門的海鮮酒家，所羅門王叫了一整桌子的海鮮，我和章澈不是食量大的人，每次都是所羅門王狂風掃落葉的吃個清光。叫我最痛恨的是，無論他怎樣吃，體重都維持在一百四十磅以下，可見上天不公平。

章澈細心地替我倆把膏蟹的蟹鉗敲碎拆掉，一會兒又把整盤白灼蝦剝殼，弄得一手是餸汁，自己卻沒吃過幾多隻。

所羅門王像個大爺，用筷子把肉往嘴裏送，我跟章澈說：「我們自己動手，你別像個丫鬟的服侍我們！」

「沒關係啦，一個人麻煩，總好過三個人都弄得髒髒的。」

我佩服章澈，他貫徹始終都是個暖男，裝也裝不來。

我轉告他們，郭子瑜告訴我的人體神奇比例，所羅門王興奮的打開自己大拇指和食指，跟章澈說：「差不多呢！真的蠻準哦！」

他又拉起章澈的手打量，「你的有那麼長嗎？沈欣圖，章澈的那個有沒有這麼長啊？」

我一怔，別過了臉說：「我早已忘記了好不好？」我偷瞄了章澈一眼，他也垂下眼左顧右盼的。

天啊，這個人真是甚麼瘋話也說得出口。

「來，看看誰比較長。」所羅門王跟章澈掌對掌，又叫道：「不可能！今晚回家讓我驗證一下！」

章澈滿臉尷尬的縮回手，「別玩了，這個怎會準確？外國人的食指總不可能有十吋長吧？除非是ET外星人。」

「我倒覺得大有可能，外國人的手的確比較大嘛！明天回到公司，我捉個市場部的鬼佬經理問一問。」

我傻了眼，「你問你的下屬這種事？你不怕他控告你性騷擾？」

所羅門王揮揮手，「不怕，他知道我對他沒意思，我討厭吃西餐！況且，開他拿到的那份人工，已包括了被上司性騷擾的！」說完，他又捉起章澈的手繼續探究，又吵又鬧的，章澈被他孩子氣的表現，逗得沒好氣地笑。

我真後悔帶起了這個話題。

* * *

離開海鮮酒家去取車，夜已經深了，街道照明不足，路人稀疏。

章澈和所羅門王走在我前面，在無人街道上，他們靜靜地拖着手散步。章澈另一隻手捎着他堅持吃剩了要外賣帶走的蝦膏炒飯。

殿後的我，看着他們扣在一起的手，我心頭又起了一陣酸意。我問沈欣圖，你究竟在這裏做甚麼？

兩男一女的組合，最絕妙的是，我竟是多出來的那一個。

是的，我大可斷然拒絕兩人邀約，但我無法提起勇氣說我不去，一想到可以跟章澈大嚼大喝，也就不介意厚着臉皮跟着去當電燈泡了。被問及舊男友的長度，還要大方的扮作事不關己。看着他們的甜蜜舉動，我發現了，和舊情人保持來往的人才是最可憐的，我們不是大方，只是太寂寞。

要很自愛的人才可以抗禦寂寞。

我想我知道，我愛惜自己並不足夠，也太害怕寂寞，才會放不下章澈，把自己置放到這種局面吧。

我慎重地警告自己，真要找個新男朋友了，這樣下去連我都看不起自己。

* * *

回家後，章澈打了個電話給我，他甚少會致電我，預感他是有事而來。但無論如何，看到他來電顯示的號碼，我總是莫名的愉快。

「所羅門王有沒有嫌我今晚阻礙你們談情？」

「怎會！」

「你們兩個人約會，其實，不用四次有一次都帶着我這不相干的人。」

「你這陣子沒拍拖嘛，多個人有甚麼關係，都是一樣吃飯。」

「嘩，你把我形容得那麼可憐啊！」

章澈在電話那頭一陣沉默，「我不是那個意思，對不起。」

「不，我才該對不起。」我發覺自己言重了。

「我滿以為，你喜歡和我們一起去玩。」

我苦笑，他真會那樣以為的嗎？

章澈是心思敏感的一個人，難道他完全不察覺我的情感？也許，再一次證實，沉溺於戀愛中的人都會變得太大意，只看到自己想看到的東西。

「你是不是不喜歡所羅門王？」

「不是，只要有他的場合，就會玩得盡興。」我説得倒是老實：「但我喜不喜歡所羅門王，也是無關重要的吧？」

章澈不說話。

我苦笑問：「怎樣了？難道，你想我愛屋及烏？」

「你可以當作幫我一個忙嗎？」

「好吧，我以後盡量不跟他鬥嘴……」

「不，不是這個。」

「那是甚麼？」

章澈嘆息似的問：「你可以做他的女朋友嗎？」

*　　*　　*

我在「藍咖啡」等所羅門王，看了半本村上龍，他的保時捷才像轟炸機的駛到門前。

走進店裏見到我，他劈頭一句：「你打算用這身打扮見我的爸媽？」

「有甚麼問題？」

我特意穿了一條長裙和高跟鞋，這已是我家中最昂貴也最高貴的衣服了。

站在水吧後的章澈揚聲問：「要喝杯咖啡嗎？」

「沒時間了，你快上車。」所羅門王命令我說。

我想發作，他已跑出店門，我轉頭跟章澈說：「今晚完事了，打電話給你？」

章澈向我感激一笑，用手勢示意我快去。

所羅門王帶我到中環名牌女裝店，手沿着一排列的衣服點閱，「你喜歡甚麼顏色？」

「黑。」

「還有呢？」

「黑。」

所羅門王瞅我一眼，「廿幾歲人就只穿黑色，不悶啊？」

我威脅說：「你試試挑一件紫紅大花裙子，我掉頭走！」

他從三四十件的黑衣中，選了一件黑色入肩的連身裙，簡潔瀟灑又不太女性化，背後的布料藏着隱藏鐵鋼線是其設計特色所在，輕易一扭就能把身體線條變得高挑修長。我在試身室穿上它，馬上愛不釋手，不禁納悶地想到，有品味的男人是否非要同性戀不可？

所羅門王上下打量我三秒鐘，「不錯，就這件吧。」

「我買不起，這是我的兩個月人工！」我拿起價錢牌驚呼。

他把一張全黑色的信用卡擲給店員，「送你的，我總要替演員提供戲服啊。」

我們演的這場戲，叫男女朋友。

車子駛回所羅門王在半山的住處，他倒後泊車時，我問：「你憑甚麼覺得，你的爸媽不會識穿我們？」

「騙得多久就多久。」

「你為何不跟他們坦白？」

他不以為然地笑，「我家九代單傳，你想見到我爸心臟病發、我媽中風和我的狗癲癇症發作？」

「他們遲早也會生疑。難道，你會找個女人，跟你假扮結婚生子？」

「到時再算吧。」典型的所羅門王的答案。

我們步至他家門前，所羅門王提起手掌，我腦袋一時轉不過來，他沒好氣說：「手。」

我舉起自己的手，他沒感情的握住，再按門鈴。

「笑。」我笑着提示他。

他吃力一笑，一張臉像哭喪，真難為他啊。

所羅門王的爸媽並沒有如我想像中有錢人家的跋扈，他母親是個優雅親切的女人，席間一直問我廚子做的菜可合口味。

他們家是上海人，我老實不客氣夾了一塊紅燒元蹄，那一吋厚的肥膏在口裏直接溶化，令我差點靈魂出竅。我由衷地說：「很好味！」

所羅門王的爸爸是個頭髮銀白但面孔很有權威的男人。他笑說：「現在的女孩子，只要多點油的東西都不肯沾唇。」

「沒有一點油的食物，又怎會是好味呢。」我笑盈盈地說：「啊，我想起元朗大榮華酒樓的豬油撈飯，簡直是人間極品。」

「你有沒有聽過，世上有一種叫『豬』的物種？」所羅門王指着我小肚子，「你的肚腩總令我想起牠們，你們可會是同類？」

「哼！你管我？」

所羅門王父親笑，「女人有點肉才好看。」

我指着所羅門王，「聽到沒有？你爸爸比起你對女人有品味。」

「哦，是這樣啊，我不和他爭。」他的弦外之音，只有我聽得明白吧。

所羅門王的媽媽客氣送我見面禮，我一疊聲婉拒，她說：「我們公司出品的香水，請笑納。」

香水總會令我心動，我答謝收下了，把香水瓶趨近鼻子，「是蘭花的味道。」

「它叫 Pure Again，是新產品，下星期才會推出市場。」所羅門王父親經營化妝品公司，在世界各地大百貨公司都有專櫃。

飯後，他母親拿出舊相簿，讓我看所羅門王小時候的照片。我指着一張四歲所羅門王穿着黃色李小龍裝束的相片狂笑，「我們應該買一套一模一樣的衣服，要 Solomon 穿上拍張照片，作對照記！」

他母親興奮附和：「好提議！」

「媽，你年紀也不小了，別跟年輕人一起瘋！」

我瞟他一眼，「且慢，平日玩得最瘋的，好像是你啊。」

可沒想到，所羅門王鬥不過我們兩個女人，他賭氣地坐在一旁看電視，隔一會他提議送我回家。

「時間還早，你們出去再玩一會才回家吧。」所羅門王媽媽挽着我的手補充：「其實，玩夜一點，不回家也沒關係，我們這一家很開通。」

我受寵若驚，又很替這位慈母而悲哀，只能勉強以笑附和。

所羅門王繃着臉，把車駛得很快，我抓緊着車門的把手，「藤原拓海，今晚要送豆腐嗎？不可以駛慢一點嗎？」

「你今晚好像玩得很盡興啊！」他減慢車速。

「對，謝謝你啊。」

「我要多謝你才對，逗得我爸媽那麼高興。」

「但你的表情，告訴我你的心情正好相反哦。」

「太可悲了，他們大概已把你視作媳婦的理想人選了吧？」他的神情憤憤不平，「哼，世上竟有如此荒謬的事。我再不帶個女人回家讓他們過目，他們恐怕要落藥迷暈我，放個女人在我床邊。」

「那是人之常理吧？你都幾歲了？有沒有三十？你瞞不過他們啊！」

「唔，你怎可問這個問題，年紀是女人最大的秘密啊！」他說：「但別說三十，我到了八十歲也會瞞騙着他們……對啊，到了我八十，他們應該死光了，我會走到他們墳前，才告知他們所有的真相。」

「你真的打算隱瞞下去？瞞到永遠？」

「有甚麼問題嗎？」

「你瞞騙着他們，最辛苦的，其實是章澈。」

我的話大概中正他的要害，他不自覺又加快了車速，一臉煩厭地吼道：「你別多管閒事好嗎？你以為自己是誰？」

他憑甚麼向我發怒？我瞪着他，「那麼，你又以為自己是誰？我做的一切都是為了章澈而已。我從不希罕扮演你女朋友！」

所羅門王在路中心猛然煞車，我整個人向前衝，連忙用手撐住車子的錶板。「你發甚麼瘋？」

幸好，後面沒有跟車，否則，一定會煉成車串燒。

「下車！」

「這裏是高速公路！」

「我叫你下車呀！是不是要我踢你下車？」

我氣憤地打開車門，車子絕塵而去，我想脫下鞋子擲他，但拋出了公路的話我豈不是要一拐一拐的回家？真討厭！我朝着他的車尾大喊：「ＰＫ！」

真的不明白為甚麼章澈可以忍受這種任性的男人。

＊　＊　＊

我沿着高速公路的路壆步行了十五分鐘，才走到街道上，期間有無數車子從我身旁駛過，險象環生的，但沒一輛車有停下來，也許，他們以為我是一隻黑衣女鬼吧。

終於，走到正常的行人路，我第一時間打給章澈。

「今晚怎樣？」

「先不說其他，你現在替我好好教訓所羅門王！你知道，他剛才在高速公路趕我下車嗎？不，你把手機交給他，我要直接狠罵他一頓，讓我消消氣！」

「他不在我家，也沒有打過電話給我。」

我發現自己說錯了話，飛快地帶過：「沒問題，私人恩怨，我會找他親自解決！」我一個急轉彎，轉換了話題：「你知道嗎？我滿以為有錢人都是一個樣，沒想到他爸媽蠻好人，更讓我看所羅門王小時候的照片。」

「Solomon 小時候也是一副酷酷的樣子吧？」

「跟『酷』這個詞完全沾不上邊，他有一張穿李小龍戰衣的照片，我看到笑彎了腰。真要命，他剪了個冬菇頭，那雙眼睛大得像波子，真像個思想空靈的智障兒！」我說：「你不妨想像一下，他小時候比現在大概可愛一萬倍左右，就可以了！」

章澈唉一聲說：「我沒看過他小時候的照片。」

我一頓，章澈希望今晚在所羅門王家裏的，該是他自己吧？但他卻沒有享受這種小確幸的權利。

是的，人類都犯賤，只有在不能擁有的時候，才會羨慕一些微不足道的小情節。

「你的懷疑很正常，我以為他這個人根本沒童年。」我嘗試有技巧地安撫他：「我下次幫你偷一張照片。」

「謝謝你啊。」

「舉手之勞啦，你還想我偷甚麼？」

「你以為自己是漢堡神偷嗎？」

「為了你，我甚麼犯法的事情也敢當敢做的啊。」

「傻瓜。」

每次聽到他說這話，我的心便像剛出爐蛋撻般酥軟。也許，為他做這麼多，只為了賺他一句「傻瓜」吧。

章澈充滿興趣地問：「快告訴我，Solomon 的房間是甚麼樣子的？」

「他只帶我繞了一圈。嗯，墨綠色床鋪，有一部三十八至四十吋左右的4K電視，有兩部一大一小的平板電腦，米色的地毯，一地都是雜誌和小說，但好像見不到漫畫，有一盞紙造的座地燈……」

我非常努力地描述，由我來做章澈的眼、章澈的腿、章澈的手。

可是，為甚麼，我偷來的東西可以讓他快樂，令他快樂的卻不可以是我？

* * *

所羅門王是章澈在「藍咖啡」裏認識的。

他是店裏的怪客。

雖然，店子只有不到四百呎，一眼盡見，但章澈堅持要擺放自己喜歡的小說和雜誌供顧客閱讀，大家看完，都會有公德的放回書架上，除了這個駕着保時捷來的貴公子以外。

他每次來喝一杯價值四十五元的咖啡，離開的時候總會順手牽羊。

每一次，所羅門王離開後，章澈檢查書架，總會發現不見了一本雜誌，由《君子雜誌》、《惡女》、*U magazine*、《香港文藝》等也成了他的囊中物，口味雜亂。小說他也偷，《孽子》偷了三本，他要三本《孽子》幹嗎？

章澈認為，太有錢的人，心理都會不平衡，想擁有甚麼都可以買下，反而少了渴望的慾求，於是會用偷竊來滿足心靈缺口。作為一本雜誌編採的我，對怪人異士算得上多半分容忍，可是，章澈簡直超越了忍耐，他仁慈得替一個偷書賊想到了開脫的藉口，形同在姑息。

明明知道他每次來就偷書，卻從不出聲逮住他。

別少看這種開半隻眼閉半隻眼帶來的後果，很多小時候虐待小動物的人，長大後會演變成為虐殺人的連環殺手。

是的，偷書界的「連環殺手」所羅門王，就是這樣變本加厲，由一開始把書放在褲頭下，到後來，手拿着書大剌剌的步出大門，連顧客都看不過眼，提醒章澈要看緊一點，章澈只是笑笑點頭，繼續讓所羅門王無止境地偷，被偷走了哪一本，便重新買過哪一本。

結果，倒是所羅門王先捺不住了，一年前的某個沒客人的下午，他手執着一本《道林・格雷的畫像》，在玄關前停下腳步，章澈無意的抬眼瞄一瞄他，所羅門王揚了揚手中的書，「我要走出門口啦！」

章澈掀掀嘴角，又垂下眼計賬。

「我真的真的就這樣走啊！」他把《道林 • 格雷的畫像》在手上大幅度的張揚着，活像一個在書展負責促銷小說的員工。

還是沒反應。

「你肯定不要報警啊？偷偷告訴你啊，我前前後後拿了總值一千二百四十七元的書呢！」他做出一個V字手勢。

沒反應。

「你真的沒有話要跟我說？」

章澈終於抬起頭，「有。」

所羅門王用一副接受挑戰的眼神看着章澈。

「明天有新書到。」

所羅門王整個人怔然，他掛下嬉皮笑臉的表情，走到書架放下了《道林 • 格雷的畫像》。他走到最近門口的一張桌子前坐下，那是最接近章澈的地方。他靜靜曬起太陽來，直至黃昏，直至打烊也沒有離開。

一個人會對另一個人動心，也許是注定的。

也許，他本來是你最討厭的類型，你曾經誓神劈願不會愛上這樣的一個人，但當你遇上了他，就忽然再走不掉了、深深陷進去了。

所羅門王知道，他被逮住了，無須鎖上手扣，他也是走不掉了。

＊　＊　＊

何禮言約我吃午飯，我說我要到上環的一家娛樂公司，跟一個男明星做訪問。

「那麼，我不阻你工作。」他的聲音裏盡是失望。

男人約不到你而表現得失魂落魄，是對女人最大的奉承。

我心腸一軟，「其實，如果你不介意，可以上來影樓等我。」

「真的可以嗎？」

「明星拍照時的影樓，總有一大堆不相干的人，多你一個不多，他們根本不會留意到。而明星更不介意，他們最享受被人群簇擁的優越感。」

男明星是影壇一哥，只肯騰出化妝時的空檔來接受訪問，畢竟，我服務的這家雜誌社不算甚麼暢銷雜誌，給人冷落我也理解。男明星雙眼看着鏡子中的自己，回答着我的問題。

「你轉拍藝術片前，拍的電影很雜，由通俗愛情、鬼怪、喜劇、以至黑社會題材都有。那些都是你喜歡的作品嗎？」

「我確實拍過蠻多的爛片。」男明星露出潔白牙齒笑。

「會後悔嗎？」

他搖搖頭，「一個好的男人，需要經歷很多段糟透的戀愛，才變得懂得愛情，一個好的演員也需要很多爛片磨煉，才會懂得演戲。爛片也有它們獨特的價值。」

「我相信，你不會直說你拍過的那幾套是爛片吧？不如告訴我，你談過的哪一段戀愛最糟透？」

男明星斜瞄我一眼，我停下了手機的錄音，也合上了手中的拍子簿，開始不點名的聽他憶述戀愛史。

他奇怪地問：「你不需要做筆記嗎？」

「沒有這個需要。」我笑了，「我對戀愛這題目最為敏感，聽朋友訴說戀愛煩惱，也是我的專長。要是別人願意跟我分享他的感情秘史，我會拒絕一邊聽一邊做筆記。」

男明星一頓，轉身請化妝師暫停下來，他把椅子轉向我，專心的跟我做了一個長達廿分鐘的專訪。

男明星開始拍照時，我收拾東西準備離開，娛樂公司只肯提供官方照，私影免問。我發現何禮言站在影樓無人的一角。

「你可以站前一點，不影響拍攝便行。」

「沒關係，我喜歡站在一旁欣賞。」

「你喜歡他？要不要簽名？」我回頭望着化妝後更顯帥氣的男明星。

「不，我喜歡站在一角，看認真工作中的女人。」

我笑看他，他想這句台詞想了滿久的吧，「現在才吃午飯，你的病人會不會投訴你遲到？」

「牙痛又不會死人。」

「我好像把自己的快樂，建築在別人的痛苦之上。」

「你快樂嗎？」他的神情彷彿有點驚喜。

我又笑而不語。

乘着古老款式的升降機下樓，進了升降機後，我伸手要拉上鐵閘。何禮言馬上阻止，「小心夾手，讓我來。」

我放手讓他關閘，升降機徐徐下降時，他說：「你換了香水。」

我嗅嗅手腕，「嗯。」

「找到新男友了？」

我可以答是，那麼，凡事進兩步退三步的何禮言，大概就會知難而退，不再找我了。但我說了真話：「是我朋友的媽媽送我的，我蠻喜歡那個味道，這幾天便塗着。」

他鬆了一口氣，「香味很清雅。」

「是蘭花。」

「真的？我最喜歡蘭花。」

「難怪，嚴重鼻敏感的你，竟然沒打噴嚏。」

何禮言一怔，猛然發現地喊：「對啊，我竟然沒有打噴嚏！」

「看來，我們以後見面，我也只能塗這款香水了啊。」

他有點感動的點點頭。

我們在一家價格大眾化的茶餐廳吃過午飯，陪他步回上環的診所樓下，他問：「你現在去哪裏？」

「乘地鐵回公司。」

他抬頭看看診所所在的大樓，說：「我送你到地鐵站？」

到達地鐵站入口，他說：「我送你到閘口。」

步至入票閘閘口，我拍拍他的肩膊，笑着說：「何醫生，你再不回去，你的病人真有可能會痛死，他會成為香港開埠以來第一個因牙痛死去的人，我會難辭其咎的啊。」

他深呼吸一下問：「我想知道，那瓶香水叫甚麼名字？」

「它叫 Pure Again。」

「它真的還沒有男主人嗎？」

我笑而不語，拍了八達通入閘，回頭見到何禮言仍站在票閘的另一邊。我轉過身對他揚聲道：「橫豎，跟你見面我只能塗這款香水，不如就由它代表你吧！」

何禮言一時反應不過來，我朝他掀出一個溫柔的微笑，他才像確認了甚麼似的，用力點一下頭，露出潔白的牙齒燦爛的笑。

我明白，我剛才為何要說真話了。

我是設置了陷阱的獵人，眼看兔子跑過來，不動聲息的讓牠踩下去，腿被陷阱夾住，弄得血肉模糊牠也走不掉了。

很多時，獵人不是為了飢餓才獵食，也許，只是單純喜歡捕獵擁有漂亮皮毛的動物。

第五章

不太愛對方的關係才能長久

我告訴章澈，我又拍拖了。

章澈正替我調製一杯冷萃咖啡，我留意着他聽後的反應，他微笑說：「很好啊，對方是甚麼人？」

「牙醫。上次來店裏找我的那個。你以後要補牙，我叫他給你折扣。」

他想了想，「戴眼鏡、樣子正經憨直的那個？跟你選男友的口味，有很大偏差啊。」

「我的口味是甚麼？」

「是會帶點藍調陰憂的吧。」

「繼續說。」我有興趣的問。

章澈看我一眼，說下去：「依我所見，你以前的男朋友都怪裏怪氣。你記得那個三個星期不洗頭淩晨練琴的小提琴師吧？還有那個臉上有一道刀疤、喜歡和三四線女星鬼混的副導演？還有還有，那個一喝了酒就語無倫次兼有自殺傾向的刑事案律師……所以，這次對比也太強烈了吧？」

「今次這一個，你又有甚麼評語？」

「今次這一個，我只見過他一面，作不得準。」

「說說嘛。」

「他正常得簡直有點不正常，靦靦覥覥的，好像做過了甚麼錯事，害怕被責難一樣。」

我心裏一陣驚喜，他所說的不就是何禮言嗎？

「你只見過他一分鐘吧？已仔細打量他了啊！」我說得像在開玩笑：「難道，你為我呷醋了？」

章澈一臉沒好氣，「我只想見到你開心，對方是好人就可以。」他停頓一秒鐘，又補充了一句：「你也不會不知道，你總是會碰上不濟的男人吧。」

「那是由於，在這個鬼魅的年代，好男人都不喜歡女人了。」

章澈把咖啡端到我面前，「少來，有很多好男人也喜歡女人的啊。」

「騙人。」

「你別要在我身邊打轉，就會發現外面還有很多好男人。」

我瞟他一眼，「原來，你是嫌我纏着你，而這份心聲也終於說出口了。」

「不，我只是為你設想。」他說話永遠都平心靜氣：「試想一下，所羅門王、你和我去的那些酒吧，你現任男友會喜歡嗎？萬一嚇走了他怎麼辦？」

「他喜不喜歡與我無關，他管不了我的交友和人身自由啊！況且，和你們去玩，他應該更安心才對！」我說：「除非，你有天會喜歡回女人，他才有危險啊。」

話畢，我一直牢牢盯着章澈的臉。

「我喜歡回女人，他有甚麼危險？」

「你知道，我最愛的就是你啊！」我瞪大眼，這是甚麼問題啊。

「傻瓜。」

我發現了，章澈每次遇上不想回覆的問題，就會用責備我是個傻瓜，企圖將一切無痕地帶過。

我追問：「你會有一天喜歡回女人嗎？」

「唉，又是那個問題啊。」

「世事瞬息萬變，你的手機每隔一段日子都要更新系統啦！何況是人類的感情狀態呢？你上星期不愛女人，不代表你下星期不愛！我今個星期熱愛男人，也難保下星期我不會愛上女人！」

章澈駭笑，「你那麼熱愛男人的肉體，哪有可能愛上女人？」

「一切說不定呢……喂，你還沒回答，你會有一天喜歡回女人嗎？」我窮追不捨。

章澈端出多一杯咖啡，坐到我旁邊來，彷彿想通想透才說：「應該不會了。跟你分手後，我愛上的都是男人。」

我大概露出了受傷的樣子，章澈輕輕嘆口氣致歉：「對不起啦。」
「沒關係，還有誰比我更了解你呢。」
我寧願他不會為了安慰我而說謊，給我更多假的希望。
我這次問也不問，直接側頭靠着他的肩膊，賭氣地說：「昨晚通宵寫訪問稿，好累好累，借你的肩頭歇一歇。」
章澈並沒推開我，我更加難過，眼眶都紅了，幸好在這個角度他不會看到。把頭靠在一個自己深愛而不愛自己的人肩上，是世上最痛苦的慰藉。
為了那一點點的安慰，我情願承受更大的苦難。
忽然，有人大力拍擊咖啡店的落地玻璃，我嚇得馬上抽起頭來，是所羅門王，他隔着玻璃大笑，用穿透玻璃的聲線揶揄說：「嚇死你了吧！竟敢背着我，跟我男朋友偷情！」
五秒鐘後，他走進店裏，章澈告訴他：「小圖有新男朋友了。」
所羅門王驚叫一聲：「大事不好！」
「關你甚麼事？」我問。
「我爸媽把你當作未來媳婦，叫你週末來吃飯。不管你有沒有男朋友，這套戲已開鏡，你要把你的戲份做完為止啊！」

「告訴他們，我和你分手了。」我聳聳肩，不當一回事。

「難得他們沒有再強迫我去相親，你無論如何也不可退出，起碼現在絕不可以！這樣吧，你繼續扮我女友，我願付你月薪，怎麼樣？」所羅門王用一雙大眼看着我。

我失笑了，「但我很貴啊。」

「要多少錢才願意幫我？」

我舉起五隻手指。

「五千？」章澈在一旁嚷。

「五萬！」我狠狠地開價：「上床另計。」

「你們別鬧啦！」一向淡定的章澈，這次嚇得亂揮着手，連面前的咖啡也差點推倒了。

「成交！老子甚麼都沒有，除了錢！」所羅門王湊前身子，舉起手和我擊掌，我也為了有額外收入而跟他合拍一擊。他轉向章澈澄清：「補充一句，我不要額外服務，我不會跟女人上床，尤其是沒身材的女人！」

「哼，你不懂欣賞就算了，大胸的女人才叫人作嘔！」

「你說得好像你曾經試過有過一段大胸的歲月，受不了走去做了縮胸手術啊！」

所羅門王的一張嘴太厲害，我一下講不出反駁的話，即時轉個話題：「我要預先警告你，再試一次在高速公路拋下我，就算你出五十萬月薪，我也會馬上解約！」

所羅門王舉起三隻手指，「我再試試在高速公路拋下沈欣圖，我的車會每天爆一次輪胎，直至天荒地老。」

我滿意極了，這個毒誓真的太毒舌了，想想也開心。

章澈大概給我和所羅門王的談話內容嚇昏了，他受不了地用雙手掩上口鼻，一臉的難以置信，「你們兩個真的瘋了，把男女朋友關係變成一場交易！」

我斜眼橫瞪着章澈，「喂，是你教我的啊！」

「甚麼啊？」

「沒有感情的情侶才最長久！」我忽然一手攬着章澈的頸，將我的頭塞進他的胸膛，「會相敬如賓的，連吵架都不會的，對不對？」

「對啊，既然不相愛，就不會被對方傷害了。這簡直是最美滿的關係！」所羅門王也湊了過來，用力攬着章澈和我，「這個世界有大愛！」

我們三人攬住了半分鐘才分開，章澈大概受不了我們兩個瘋子，跑回水吧裏洗杯，他一邊洗，一邊想起甚麼似的，揚聲問我：「對了，小圖，你那個新男朋友呢？你怎麼跟他解釋？」

我反問所羅門王：「你不會介意我出面有男人吧？」

他哈哈大笑，「你也不會介意我出面有男人吧？」

我嘻嘻哈哈的開玩笑，故意惹惱章澈。既然他不再愛我，我就專挑一些我不愛的男人來放縱折磨自己，我要令他覺得，是他令我的愛情變得如此潦倒墮落。

＊　＊　＊

對於何禮言，沒甚麼抱歉的説，我只把他當作「拍一陣拖」的男人看待。

這也不是第一次，該也不是最後一次。

週五晚沒約會的女人，代表失敗。有個「男朋友」，讓我不像一個孤僻沒人要的女人，僅此而已。

十二月十五日，是我廿五歲的生日，我一直沒有跟何禮言説清楚，只為了要約章澈吃晚飯慶祝。

五時多，我離開公司便走去「藍咖啡」，攤開手問章澈：「禮物？」

他用一枝攪拌棒打我手板，「別心急。」

我乖乖等他打烊，還有幾個小時呢，我從書架上拿來數本雜誌翻看。間中望望忙着招呼客人的章澈，他親切地跟熟客閒聊着最近上畫的電影，我愈坐愈睏，便拉過一張椅子，坐到店門外，抽起香煙來。

這世界變得愈來愈討厭了，我懷念沒有室內禁煙的歲月。煙酒固然是分不開的一對，但煙和咖啡也是最好的朋友，本來就該混為一談，現在卻硬要拆開來，我花了許多年也習慣不來。

過了幾分鐘，窩心的章澈，為我搬出了一個小茶几，在上面放了一杯新的熱飲和一個放了咖啡渣的墊杯碟，讓我當煙灰缸，我對他感動笑了。

仰視着中環上空的黃昏落日，天氣冷，呷着冒煙卻不燙口的熱咖啡，抽幾口夾在兩指間的薄荷煙，我一直忍不住微笑，這就是我想要的生日，平淡不花巧的，等一個我愛的人放工，我覺得好幸福。

走了一批客人後，穿着藍色圍裙的章澈，把雙手插在牛仔褲袋，挨到我身邊的牆壁站着休息。

「那個牙醫呢？」

「工作吧。」

「生日也不跟你慶祝？」

「他工作忙。」

章澈皺着眉，「工作再忙也要生活吧，女朋友的生日，怎可以不抽點時間跟她慶祝？你不生氣嗎？」

「可以補祝啊。」我説：「人愈大愈覺得生日沒意義，只不過是我從我媽肚子裏爬出來的日子啦。」

「你每次拍拖都這樣，最初口裏總説沒關係，轉過頭就跟我哭訴呻苦。」

「那麼，我以後也不跟你申訴，你就不會覺得我麻煩了。」

「我不是不想聆聽，只覺得你應該令他們對你好一點。」

我的心一暖，看着章澈的眼角和眉毛，我以前最喜歡用手輕撫那輪廓。

「打烊了沒有？」

「還有大半個小時。」章澈看看鐘，「算了，今天早點收鋪。」

我歡呼起來。

他打開收銀機點數，我則替他收拾桌子，把書架上的書籍和雜誌整理好。店子的電話響起，章澈接聽時我不以為意，直至他提高聲音問：「你在哪裏？」

我停下手望着他，他的臉色愈來愈沉重，對着電話説：「別多説，我現在馬上趕來，你別走開！」

他掛上電話，目光碰上我，一臉也是難色。我突然明白，他不能跟我度生日了。

「Solomon 喝醉酒和別人打架，我要去找他。」

我用力扔下手中的兩本雜誌，罵道：「他是故意的！」

「別這樣……」

「他明知今天是我的生日，他一定是故意的！」我像個頑劣的小孩子，連我也想像不到自己會這樣瘋狂發難。

「對不起。」章澈拉起我的手，我使勁甩開他。

他蹲下來拾起雜誌，我低頭看着他的頭髮，在這一刻，我忽然真實感覺到了，其實，這個男人一直也不屬於我。

「我跟你一起去！我要看看他是不是真的被人扁得頭破血流，他說謊的話會更好，我用玻璃樽打爆他的頭！」

「別這樣。」章澈從衣袋裏拿出一份小禮物，我別過頭，「我不要。」

他捉起我的手，把禮物塞進我手心裏，「先回家，我今晚打電話給你。」

「你答應陪我慶祝生日。」

「你不是在說生日沒意義嗎？別孩子氣，我處理好他的事，晚一點找你。」

章澈欲要拍拍我的頭，我這一次退後避開了，拿起肩袋說：「不用打電話給我，我今晚不會回家了。」

「小圖……」

我慘淡地笑，「快去找你的男朋友吧。」

我步出史丹頓街，頭也不回的一直沿着斜路走，大步大步走，眼淚就大顆大顆流下來。

對於章澈，我畢竟只是一個朋友而已，一個隔兩天就不請自來耗在他咖啡店賴死不走的麻煩朋友。

撕開禮物紙，章澈送我的，是一對用銀絲掛下來的黑色淡水珠耳環。

數個星期前，跟他逛街時，我隔着櫥窗指着它說我很喜歡。

對我那麼好的人，心裏卻沒有放置我的位置。換着是別的男人，我可以不擇手段、拋媚弄眼的追求，但他偏偏是一個只對男人有興趣的男人。

我站在一家傢俬店的玻璃窗櫥前，看着自己的反映戴上耳環。擠出了最後一點眼淚，不讓自己再哭。

步下擺花街，有幾家賣假髮和羽毛頸巾的小店。我二話不說，跟老闆買下一大堆，包括金色的長假髮、鮮粉紅色的長羽毛頸巾、還有小紅帽的披肩，將它們全部戴上身。

「去化妝舞會啊？」老闆咧着一口爛牙笑說。

「是啊！今天我生日！」

「生日快樂。」

「謝謝！你是第一個跟我說『生日快樂』的人！」

我打給何禮言，「喂，男人，你在哪裏？」

「在診所。其實，今天已看診完畢，沒有病人在，但牙科醫學雜誌有份研究報告，跟我一個病人的情況有點相近——」

我打斷他的碎碎唸，「別廢話，我現在來找你！」隨即掛線。

衝上他的診所，我不斷按門鈴，何禮言跑出來開門，他兩顆眼珠幾乎掉出，有超過五秒鐘幾乎認不出我。

「喜歡嗎？」我用手指繞着金髮，擺出性感的表情，「這是我二十五歲的新形象！說喜歡！」

「喜歡！你不是廿四嗎？……今天是你生日？」

「答對了！」

「對不起，我不知道，我沒有準備禮物……」

「沒關係，陪我去玩！」

「我先去……」

「馬上！」

「好，馬上！」他跑去關掉整家診所的燈和冷氣，拿起公事包跟我走。

我戴着我的假髮和紅披肩到處招搖，將羽毛頸巾纏着何禮言的頸項，步去停車場取車的途中，行人都對我們行注目禮，只差在沒有拿出手機替這個移動景點打卡。

何禮言表現得相當尷尬，他愈尷尬我愈痛快，我當作沒見到他的窘態，像放狗一樣的走在前面。

他的坐駕是一部有天窗的日本小房車，我可以坐助手席，比起屈身在所羅門王保時捷的後座舒服多了。

「我們去哪裏？」

「我想去兜風，漫無目的地兜風。」

何禮言啟動車子卻沒開動，毫無頭緒的躊躇。

「怎樣啦？不習慣沒有目的地向前走？」

他居然對我訴苦：「很抱歉，也許是職業使然。習慣叫病人張開口，然後找出蛀壞了的一隻牙齒對症下藥。總不成用電鑽在一副三十二顆牙齒裏亂掘的啊。」

瞧見他苦惱的樣子，我失控大笑。

「你喝了酒？」他擔心。

我搖搖頭，「只是太高興了。生日嘛！不如，我們到山頂？」

「山頂？」

「嗯！決定了，既然你要目的地，就去太平山山頂，我們出發吧！」我指着前方。

我扭開收音機，找到一台在播放着快歌的，我將音量開得很大，放盡喉嚨跟着歌詞唱。

去到山頂，我們下車看夜景，一平靜下來，我快受不了，轉頭跟何禮言説：「我想吃意大利薄餅。」

拉着他到山頂商場的一家意式餐廳，跟侍應説我「立即」要一份薄餅。

侍應説一客薄餅要等廿分鐘，我指着廚房剛端出來的一客，「不可以給我那一客嗎？」

「那是其他客人點的。」

「是哪一桌？」何禮言主動詢問，然後，完全出乎我想像的，他朝着侍應指的方向走去，向那桌的一對男女不斷賠不是，雖然不知他説了些甚麼，但最後還是説服了他們，讓出了薄餅。

我們帶着薄餅回車子，打開天窗仰望着天空吃薄餅。

「開心嗎？」

「很開心。」我大口咬着薄餅。

他遞一張紙巾給我，我抹着嘴角，他忽然說：

「回到市區之後，我們分手吧。雖然，我想我們其實沒戀愛過。」

他說得非常平靜，但語氣裏有種隱藏得很深埋的傷感。

我停下了手中的動作，轉向他問：「因為，你受不了我任性妄為？」

「不，因為，你愛的是另一個男人。」

「你太大驚小怪了，我的舊男友都會陪我去懷緬再之前的舊男友啊，甚至，陪我坐在某人的家樓下等上一整夜。」

「很抱歉，我不是你那些舊男友，我做不到那麼偉大。」

「我心裏想着別人，不代表我不喜歡你。」

他把天窗關上，「謝謝你這樣說。但我是一個需要安全感的男人。是的，雖然這樣說很笨，但男人也需要安全感，你不是一個可以給男人安全感的女人。所以，趁我還沒有太喜歡你，現在分開還來得及。」

我忽然想到一個比喻：「趁還沒蛀到牙根，趕快把牙剝掉？」

「你可以這樣說。」

我不再肆意發瘋，蓋上薄餅盒，「好了，我明白了。還有一個小時我的生日才過去，陪我去多一個地方。」

何禮言駕車到香港大學的大門外。

我請他打開了車子的天窗，仰望紅色磚頭的宏偉建築，我告訴他：

「我最難忘的生日，就在這裏度過。」

* * *

大學一年級，我跟章澈仍然是情侶。

生日那天，他請我嚐日本料理，然後到西環源記甜品店，吃馳名了幾十年的桑寄生蛋茶。

我討厭吃蛋黃，章澈用匙子把我吃剩的蛋黃舀進他的碗裏。我凝視他把蛋黃吞下的樣子，其實，他也不喜歡吃蛋黃。

「如果我是夏天出世的話，該有多好。」

章澈喝一口桑寄生茶，「為甚麼？」

「我喜歡海灘啊，要是我在夏天出世，便可以到海灘暢泳慶祝。」

「就是這個原因？」

「還有，我想在生日那天結婚，我喜愛露肩設計的婚紗，夏天的話可以穿着它開派對也不怕冷壞。」

章澈笑一下，「你不是一向不相信婚姻這回事嗎？說結婚是最迂腐的制度，男人用它來管束一個女人的身體。」

「我仍然是這樣認為啊。但我無論如何都要結一次婚，之後離婚又是另一回事。」

「我更不明白了。」

「嗯，好像魚子醬，我看見它黑黑似蟑螂糞便的模樣就毛管直豎，但如果一生人也沒嘗過魚子醬，就是白活了，永遠有所欠缺！」

章澈一張臉顯得無奈，「這大概是我聽過最荒謬的結婚理由。」

我喜歡看見章澈被我愚弄的表情，我笑說：「你是夏天生日啊。不如我們明年夏天在海灘結婚吧！」

他不理會我了，拿起賬單付錢。

我隨他步出店門，拉着他的衣角，「為甚麼不答應？你不打算娶我嗎？」

「我不懂游泳，也不喜歡海灘。」

「我不管，我們明年便結婚啊！」

他半真半假地笑說：「女人不能強迫一個男人結婚的啊，男人是會速逃的。」

「喜歡一個人，不是會委曲自己來令她快樂嗎？」我指着由源記甜品返回大學的斜路，「這樣吧，你現在一口氣跑回宿舍，我追你，如果你逃不掉而給我在宿舍門前逮住，你就跟我結婚！」

「你也太蠻不講理了啊。」他瞪目。

「今天我生日，生日的人有權蠻不講理。」

「但你又何止是生日這天才蠻不講理呢？……忽然要跟我結婚……難道我像魚子醬嗎？又抑或，有其他的原因？」

我把雙手放在頭頂，作了個「愛你」的姿勢，對他說：「因為『愛』啊！」

章澈拿我沒法子，我催促着說：「你還不跑？我要捉你了呀！」

他轉身便開始步上斜路，我讓他先走一段，然後拔腿開始追上去。章澈知道我來真的，便加快腳步，逐漸變成奔跑。

「你別想逃！」我喊道。

「是你迫我逃的啊！」他喘着氣嚷道。

生日這天，我特意穿了高跟鞋和長裙，根本沒可能跑贏穿球鞋的章澈。而且，沒想到的是，他真的好像害怕給我追到，異常認真的、沒命地奔走，我奮力在後面追逐，額角在只有攝氏十五度的冬日也冒出了豆大的汗水。

跑到水街街尾，我一不小心踏錯腳，狠狠摔了一跤。

章澈聽到我慘叫，離遠停下腳步，回頭看着我說：「你不是裝作受傷吧？不能用這種卑鄙手段啊。」

「你怕的話，就回宿舍別理我了！」

我生氣了，狼狽地撐起身。

章澈趨前，握起我的雙手拍掉沙塵，蹲下來看我的膝蓋，猛皺眉說：「在流血，你走得動嗎？」

我嘗試踏步，腳跟一陣刺痛，失去平衡倒進章澈身上。

章澈脱掉我的三吋高跟鞋，背向我蹲下，「我揹你回我的宿舍敷藥。」

我爬到他背上，雙臂圍着他的頸，他舉步艱難的揹着我走完還剩一小段的斜路。

我的臉頰貼着他的，他咬緊牙關眼望着前方。我問：「你為甚麼要逃？你真的如此害怕被我逮住嗎？」

「我……不知道。」

他用惘然的語氣說。

回到宿舍，章澈房間沒有人。

「普師兄呢？」我問起章澈的同房，他叫普師兄。

「他又去了做兼職。前兩天，他好像應徵了的士高的管場。」

「他真是個奇人，為了錢，甚麼工作都做。」

章澈找來消毒藥水和膠布替我治理傷口，「你二十歲了，別再像個孩子的胡鬧啦。」

我坐在床沿盯着他已經長得太長的短髮。

「我不是胡鬧。」

「這樣還不算胡鬧？」

「我是說真的，因為『愛』，所以想跟你結婚。」

「然後離婚啊？」他無奈一笑。

我扯着他T恤的領口，把他拉到我面前，「我胡鬧的時候才最認真。」

我主動吻章澈，他也投入地回應，我倆跌進床上，雙手探索着對方的身體，我解掉他的衣服然後脫去自己的，赤裸的纏綿着。我挖縮在他身下，面孔燙紅的說：「跟我做愛吧。如果不能在生日那天結婚，那麼，在生日這天做你的女人也不錯。」

章澈閉上眼吻我的頸，嘗試貼近我。我緊緊的抱着他，但最後關頭，他忽然把我推開，「我不可以跟你做那回事。」

「為甚麼？」我擠着笑容，「因為這裏是大學宿舍？相信我，外出走廊的每個房門後，現在都可能正是上演着一幕幕愛慾場面，無限春光呢！」

他用被子蓋着我的身體，別過頭去，「對不起。我做不到。」

「為甚麼？」我頹喪地質問：「我們拍拖五年了，為甚麼你一直不跟我上床！」

章澈站起穿回衣服，我爬起來，「為甚麼？」

他還是不說話，我老羞成怒，隨身拾起桌上的書本擲向他。章澈沒有躲避，讓書本硬生生的擊中他的肩膊。我像瘋了似的，不斷用書本和筆記侵襲他，他被我迫到房間的一角，像甘願受刑，也不肯跟我上床。

我覺得被徹底的羞辱，嚎啕大哭，他只是一直愛莫能助的垂着頭。

我失去平衡跌到地上站不起來，章澈想上前扶我，我大叫：「別靠近我！」我們就那樣各佔小房間的兩個對角，相對無言，我哭乾了眼淚，胸膛小聲的抽搐。

過了一個多小時，他說：「我送你回家吧。」

我固執的搖頭，我們就這樣呆坐、呆對着到淩晨。

我是無藥可救的喜歡他吧，被這樣無情地拒絕還賴死着不離開。我像個寧死不屈的士兵，捱了十槍之後還要堅持挺進，就算被打至血肉模糊也不肯投降。

幾個小時後，我累壞了，反過來安慰他：「沒關係，你不想做的話，我們就別做。」

「你不需要這樣……」

「不要跟我說分手，我不會分手。我們去吃宵夜吧？我的肚子餓得咕咕作響。」

＊　＊　＊

何禮言靜靜聽我說完，我點了一根煙，笑說：「到最後，拍拖六年，我們還是分手了，結果還是一次也沒做過。跟他分手後，我和結識的新男友，第一個星期就做了。」

「為甚麼要跟我說這些？」

「不知道，只是突然想說。」

「跟一個男人説這些，你不覺得奇怪嗎？」

「不會啊。」我看着駕駛座上的何禮言，「你已經不是我男朋友，對吧？」

「我還是做了你所有舊男友都會做的事，陪你到舊地懷緬以前的男人。」

「看來，你也不能擺脱，加入我舊男友的行列了。」

「你今天心情非常惡劣，也是因為他吧。」

我深呼吸一口氣，睜大眼睛讓冷風吹乾眼睛，「你真的決定要跟我分手嗎？別人都説，不太愛對方的關係才能長久啊。」

何禮言沉吟半晌，還是堅決的點頭，「我不相信這套。我可以把今晚當作你一時失常的惡作劇，但結果又會怎樣呢？如果終於都會失敗，不如早點叫停。待你有一天真的愛上了我，我才可以跟你在一起。」

「你確定明天不會傷心得把病人的牙齒鑽壞啊？」

「我不會。」他冷靜的説。

就是那份男性的深沉冷靜，令我差點愛上了他。

第六章

我的愛情永遠不順，
因為我不想你放心地放低我

我有一個星期沒有到「藍咖啡」了。
每次步經中環，我都不讓自己步近史丹頓街的轉角，怕自己把持不住去偷看章澈。
我告訴自己，不可以再像以前，為了得到一個不愛我的人的一點點眷顧，放棄了尊嚴，自找煩惱。我只想做凡人，不想煩人了。
章澈打電話來跟我道歉，我平靜的說：「沒關係，那天我發脾氣全是我的不對，所羅門王沒事吧？」
我的反應叫他意外，他說：「那天真有點麻煩，不過……已經沒事了。」
「那就好。」
「你這幾天沒有來咖啡店啊？」
「太忙了，咖啡癮起，只好叫樓下茶餐廳送外賣。」
我的對白沒有留下空間讓章澈接下去。以前，我總怕我們對話出現空白，在章澈想掛線前，我又會打開另一個話題，再打開另一個話題，把話一直接續下去，藉以延長對話時間。
原來，只要我不作出這樣的努力，不消三十秒後我倆已無話可說。
講電話像打乒乓球，他打出一球，我不回板讓白色的小球擦身而過，球賽就得結束。以往的我，卻像個發球機器，不停向章澈發球。

「有空來店裏找我閒聊。」

「好啊！」

「我還要替你補祝生日啊。」

「不用啦，生日只有一天，過了就不用補祝啦。我真的不是在惱你。」

「……那好，我再找你。」

「我這幾天都有訪問和編輯會議，有可能會關了手機，給我傳信息吧。」

掛線之後，我像跑完一場馬拉松的累。

鄰桌的郭子瑜把玩着某牌子新推出的指甲鉗，今期《惡男》，她寫男性護甲的專題。

「你的心情很壞吧？」她問。

「何以見得？」

「你每次對人太客氣有禮，就是真正生氣的時候。上一次史提芬把你的訪問抽起，你就是那樣跟他說話，他以為你第二天就要遞辭職信呢。」

「我又老了一歲，不能再胡鬧下去了，我客客氣氣是因為我成熟了。」

「我還以為，是由於你跟何禮言分手了。」

「你的消息真靈通。是呀，簡直破了我由拍拖至分手最快的個人紀錄！」

「但你不是為了跟他分手才沮喪吧。」郭子瑜說：「我一早看得出，你根本沒怎樣喜歡何禮言，令你沮喪的，是剛才電話裏的那個男人吧。」

我沒否認，「對他來說，我不過是個可有可無的女人。我疏遠他，他隔上一兩個星期就會習慣過來。」

「也不一定。」她拿起指甲鉗，「家裏的指甲鉗總會隨處亂放，也不認為需要小心保存，但當有一天忽然找不着它，看着自己本來並不算太長的指甲，卻會渾身不自在的，覺得難受不已，翻轉全家也要把指甲鉗找出來。」

「買過另一把不就可以。」

「你可以這樣想就最好！」她看看我，「雖然，大部份人的經驗是，儘管以後買了另一把指甲鉗，還是覺得它不夠以前的那把鋒利好用。」

「我不會自尋煩惱了。」我平靜地說：「我的生日願望，就是要做一個平凡的女人。」

「很好！忘掉一個男人的方法，就是結識其他男人，我們今晚去酒吧玩通宵！」

我把心一橫，答應了郭子瑜。

她帶我到中環蘭桂坊，約了一班做雜誌時裝電影的愛玩之人，我很久沒有笑得那樣誇張，笑得牙關都痠軟。從舞池中撤退到一角，我發現史提芬，我笑着說：「你不跳舞？」郭子瑜現在以一敵八啊。」

「小妹妹，你的老總真的老了，要留一留力，才可應付年輕的女朋友。」

我跟酒保要了一枝喜力，恍如專訪人物的訪問他：「我真佩服你，做郭子瑜的男友需要很多體力，雖然她口口聲聲對你專一，但她是個還沒想安定下來的女孩。你不陪她，她就會找別人來陪。」

「你的見解很精闢，不枉我讓你專責《惡男》的訪問。」

「值得嗎？找一個深閨安份的女朋友，你會幸福得多啊。」

史提芬笑，已經深夜[illegible]時了，他的新陳代謝真的不如年輕夥子了，臉上的倦容掩不住，笑起來的時候眼角的皺紋都跑出來。

他說：「如果那麼輕易便可以走開，愛情就太容易吧，還有誰看雜誌來找心靈慰藉？」

說得很對。愛一個人，就會多勉強自己也想留在他身邊多一會，即使看不見將來，亦希望佔據他生命多一天就多一天。

「你究竟喜歡郭子瑜甚麼？」

史提芬瞄瞄我，喝了一口酒遠望着舞池中的郭子瑜，「喜歡她不屬於我的感覺。」

「嗯？」

「和她在一起，就像做夢。假如我們不是在雜誌社裏認識，她根本不會選擇跟我一起。能夠跟一個不可能愛上你的人在一起，會叫人不理性的沉溺當中不能自拔。你明白我說甚麼嗎？……哈哈，我想我有點醉了，跟你說這種話。」

「不。我明白。我真的明白。」

史提芬用看着小孩子的目光看我，「你回舞池玩吧，別在這裏陪我這個有中年危機的男人瞎聊了。」

這夜，郭子瑜介紹我認識了一個任職時裝買手的男人，名字叫阿深還是阿甘，他不斷替我叫酒，說甚麼「有點喝醉了的女人最好看」。換着平日我會對這些猥瑣男人嗤之以鼻，但這晚我卻不在乎了，我只想給自己證明我有男人喜歡和追求。

走了個何禮言，還有很多男人對我不能抗拒。

那個阿深還是阿甘提議我們到下一個地方繼續玩時，我一口答應。史提芬看我們要離開，借機把我拉到一邊，「你一個人沒問題吧？」

「別把我當小孩子。」

「放心啦，小圖『御男無數』啊！」郭子瑜說。

我和阿深還是阿甘步下依然人來人往的蘭桂坊，他建議到不遠處的另一間酒吧再喝。我也是識途老馬，知道他口中的酒吧，有很多男女喜歡在那隱蔽的後樓梯就地親熱解決。

我撥一撥頭髮，用挑逗的眼神答應，「聽說是個好地方。」

阿深還是阿甘的手不知甚麼時候環繞着我的腰，我們貼得很近的步向酒吧。我仰着頭大聲的笑，卻忽然跟迎面而來的一個人打個照面，是章澈。

章澈愕然地盯着我，我裝作沒見到他，擦肩而過。

他的眼神好像在說：「你看你讓自己淪落到甚麼樣子了，值得嗎？」

進了酒吧，我跟阿深還是阿甘說：「我去便利店買點東西。」

他拉着我的手，淫賤地笑，「想買甚麼？我有啊。」

「我比較相信自己，喜歡親力親為。」

我拋下他離開酒吧，今晚我不會再回去。我並不擔心這位阿深還是阿甘，他自然會找到新的適合目標。在某種地方，你就會遇上某種人，你待在那裏，也會變成那種人。別以為自己與別不同能夠獨善其身，你浸了進去，在你發現到差別之前，你已悄悄改變了。

看到章澈那個痛心的表情，我覺得無地自容。

我暫時還未有心理準備，變成「那種地方」的女人。

我在街上瘋狂的找尋章澈。我幻想，他就在窄巷的某個角落等我，見到我從酒吧裏逃出來，會會心微笑的隨在我身後，在我意想不到的時候，拍一拍我的頭。

我穿着厚厚的大褸，在冷冰冰的蘭桂坊的斜路跑上跑落，背脊全被汗水沾濕，搜索着一個熟悉的身影。

可是。沒有。

章澈是不是已經放棄守在我身邊了?

我鍥而不捨的步上五分鐘步速的蘇豪區，站在章澈的家樓下。他家的燈沒有亮，我就站在街上等。

手機響起過一次，是那個阿深還是阿甘，剛才我們交換了手提電話號碼。我把它掛斷了。在外面玩慣的男人，都知道不用再打來了。

我驚醒，我最在乎的，是章澈如何看我。原來，我不想他為了一些廢人而放棄我。

一小時後，章澈回到家門前，他看到我，一怔，不説話。

我緊握着冰冷的手，勉強笑一笑：「你往哪裏了?」

「去茶餐廳吃宵夜。」

「你到過蘭桂坊?我差點以為，剛才我認錯人呢。」

「你跟別人在一起，我以為，不打招呼比較好。」

「那些男人一街都是，他們不過想找個人上床。」

「我知道。所以，我才會不打擾你們。」

我紅着眼看章澈，「你說過不會放下我。你答應過，就算我們不是戀人，也不會放下我的。」

「人會變啊。」

「你變了？」

「不，我以為你變了，不再需要我了。」

我掩着臉，「對不起，我和何禮言分手了，只想找個男人陪陪我。你不要看不起我。」

章澈唉了一聲，把我的頭埋進他的胸口裏。

上了他的家，章澈斟一杯熱水給我。「為甚麼分手了？」

「他說，我不能夠給他安全感。」

「好一個專業人士，卻害怕不能從女人身上得到安全感？他想你怎樣？整天黏着他一直說『我愛你』？」

「是我沒有留住一個男人的能力吧。」我自嘲。

章澈靜靜地看着我。

我坐在地上、背靠着沙發，扶着額角苦笑說：「我做不出那些可愛得像棉花糖的表情。我也希望可以做一個永遠在淺笑、喜歡做飯又會為小事快樂得蹦蹦跳、不會令大男人覺得受威脅的可愛女人。可是，我做不到。」

「你不用勉強自己，也不需要證明甚麼，做你自己就夠了，那樣的你很可愛。」

「可愛……你是唯一說過我可愛的男人了。」我說：「我剛才的男伴，現在一定在咒罵我是婊子。還有何禮言，還有那潦倒的小提琴樂師，還有不知道有沒有自殺成功的大律師……所以，我總在他們離開我之前，先離開他們。」

章澈好像不懂如何安慰我，但我只要他這個不懂如何安慰我的表情，就足以安慰我了。

「有沒有可能，我失敗，是因為他們嫌我胸脯太小？男人都喜歡大胸！」我用手擠着乳房，哈哈大笑。

章澈皺着眉說：「不，只因你太難觸摸了。你既開朗、又憂鬱、大情大性和不愉快，就像熱帶雨林的天氣一樣，輪流出現一下又消失，他們根本不知道誰是真正的你。而你也不願意讓他們知道真正的你。」

「或者，連我也不清楚啊，難道你知道嗎？」我爬上沙發上躺着，「我今晚可以在這裏睡嗎？」

「我知道我眼前的這個是小圖，剛才在蘭桂坊的那個不是。」

我的臉就在章澈的頭距離不足半呎，我屏住呼吸，彷彿就可以感覺到他的鼻息。我就那樣原諒了他。他要我扮所羅門王的女朋友，他在我生日那天忽然失約，我放下尊嚴獻身時他把我推開……每一次，他對我有心或無意的傷害，我都會原諒他。

「那麼，你今晚就守住這個真實的我！別讓我消失掉。」我繞着他的頸項，「求求你。」

「好的，別想那個牙醫了，好好睡一覺。」

我閉上眼睛。

他不會知道，我每一次戀愛和分手，其實都是為了他。

一個女人總是向一個男人訴説愛情煩惱、訴説她男友待他如何差勁，其實是希望藉此得到這個男人的呵護罷了。她愛的，從頭到尾，是那個好像閨中密友的男人。

我的愛情永遠不順，因為，我不想章澈放心地放低我。

第七章

你的希望在明天，我的希望只在過去，

請你別再比較誰比誰幸運了

一個星期後，章澈打電話給我，語氣驚訝莫名的：「你有沒有收到？」

「普師兄的紅色炸彈？」

「會是惡作劇嗎？」

我打開普師兄寄來的結婚請帖，鮮紅色的卡紙土豪金的字寫着「歐周聯婚」，大鑼大鼓的，選在佐敦區一家叫倫敦酒樓的平民酒樓設宴，難免叫人懷疑是普師兄跟我們開的一個玩笑。

「普師兄也會結婚？」我看着那個陌生的女人名字。

「我驚魂甫定，現在要打電話給他問個清楚。」

跟章澈做了兩年宿舍同房的普師兄，是個喜劇人物。

每次遇到人，不論新相識還是舊朋友，他都會一枝箭的衝上前握手，動作很大嗓門也很大。我跟他去過唱卡拉ＯＫ，他投入得像開個人演唱會。他每次一開始説話就停不下來，偏偏卻是個感性的男人，看到橙紅色太陽要下山，或電視裏播放南極企鵝成群的跑進海裏暢泳，他都可以感動得眼淚鼻涕流滿面。章澈説他最怕跟普師兄看電影，他的哭聲隨時會蓋過演員的對白。

是的，章澈也個感性的人，但對比普師兄，卻是九牛一毛。

普師兄唸大學時是個熱血青年，搞一大堆關注小組、文藝社，章澈就是在他辦的寫作社裏認識他。除了辦社之外，他唯一的興趣就是做兼職。

他彷彿無時無刻都在掙錢，而且不論工作性質如何，只要有錢賺的，他都不介意做。在課堂空檔間兼職地產經紀、在網上買賣股票、炒賣籃球卡明星月曆、替炸雞店打工，三十度高溫下穿着一套母雞裝束在街上派傳單。他連牛郎都做過，可惜整整三日也不發市，被夜店辭掉了。

我問過他：「你是不是很需要錢？抑或，你不過是很喜歡錢這個東西？」

當時，他在學校飯堂吃着一條六吋長的法蘭克福大肉腸，滿口肉碎的說：「搞革命搞文化都要資金呀，所以我要努力掙錢！」

畢業後，我們便沒有連絡了，只在章澈「藍咖啡」開張時見過一次，普師兄叫我去深水埗電腦商場對街，幫襯他的法式薄餅攤檔。

十分鐘後，章澈再來電，他的聲音充滿疑惑和不可置信：「普師兄真的結婚。老婆未婚懷孕，孩子剛出世，下個月補辦喜酒。」

「甚麼？孩子也有了？」我幾乎把口中的咖啡噴到電腦熒幕上。

「我也不敢相信。」

「你有沒有問清楚？他有可能是被迫的！會不會是某個雷電交加的晚上，飲醉酒後被那個女人迷姦了？」

「我腦袋一片空白，只說了很多句恭喜。」

「普師兄怎反應？」

「他好像非常的快樂，不斷說謝謝，笑聲很大。」不可能的啊！普師兄竟然跟一個女人結婚了。他拚命賺錢，革命文化沒搞成，最後只搞大了一個女人的肚子。

所羅門王知道我和章澈要赴喜宴，嚷着要一起去。

「你用甚麼身份出席？章澈的男朋友嗎？」我挑釁他。

「才怪，當然是以你男朋友的身份！」

「才怪，我不想帶你出去見人。」

所羅門王攤出手掌，「把我的五萬元退還。」

章澈一驚：「你當真收下了五萬元月薪，扮演他的女友嗎？」

我心頭納悶，「他用銀行轉賬給我，我就收下啊。況且，我也有付出勞力和時間，陪他爸媽吃了兩次飯呢。」

「我以為你們只是鬧着玩，沒想到來真的。」章澈一張臉沉下，冷着聲音說：「我滿以為，那只是應付你父母的權宜之計，只那麼一次而已，怎想到會一直延續下去？你們有想過後果嗎？」

所羅門王摟着章澈，「別呷醋，不然我以後每月也付你五萬？」

「我不要。」

「別那樣激動啊。」我也安撫章澈，「做人不就是要哄哄別人騙騙自己嗎？」

章澈卻莫名的非常不悅，轉過頭不理睬我們。

「現在別惹他。我算過了，他這兩天月經到。」所羅門王常常這樣取笑章澈，他興奮的自顧說下去：「那天穿甚麼好呢？我從來沒去過沒有米芝蓮等級的酒樓喝喜酒呢！每次都是到六星級大酒店，局促得叫人不到十時就想昏昏欲睡，對啊，他們會不會玩三級遊戲？」

我回頭望一眼仍肅着臉的章澈，我是不是真的不該收下所羅門王的錢？

＊　＊　＊

到了倫敦酒樓，由於那部老升降機故障，我們三人只得爬上鋪着有點發黑的紅地毯的梯級，找到了「歐周聯婚」的小偏廳，普師兄正擋在電視機前，激昂唱着飛圖卡拉ＯＫ影碟的《月亮代表我的心》。

章澈、所羅門王和我站在門外欣賞，實在嘆為觀止。從來都沒見過有人可以把鄧麗君的這首名曲演繹得像國歌一樣的血脈沸騰。普師兄的親戚們倒是見怪不怪，耳朵好像可以與眼睛嘴巴一樣閉起來，活在另一個時空似的低頭吃着生麵，有些更厲害，普師兄震耳的歌聲對他們來說有如冷氣機的低鳴，不留心也聽不見，他們自顧的搓麻雀高聲談笑，為這個世界製造更多的噪音。

普師兄發現我們，面孔馬上亮起來，擲走麥高風，距離我們五米以外已舉起右臂張開手掌，迎上來跟我們大力的握手。

章澈說：「恭喜！」

「謝謝！謝謝！酒微菜薄，等會兒多吃兩碗魚翅羹！」他轉頭叱道：「文仔！你想死嗎？把筷子從鼻孔拿出來！二嬸，你還叫生麵？想要在我身上掘古井嗎？快開席了啦！對不起，對不起，你們來這邊坐，要不要唱卡拉ＯＫ？」

「不用了，你唱吧！阿嫂呢？」我問。

普師兄張望周圍，「不知她跑哪裏去了……呀！她剛才說要餵人奶！昨晚她胸部脹痛得叫救命，嚷着要我幫忙喝掉，哈哈！哈哈哈！」

他發現我們身後的所羅門王，伸出手問：「這位大帥哥是誰？小圖的男朋友？」

所羅門王和他握手，「不，我是章澈的男朋友！」

「真的？」普師兄興奮的大力拍章澈的背一下，「我就知道你喜歡大帥哥，難怪跟你同房兩年，你連小手都不碰我一下，哈哈！哈哈哈！」

「你別聽他們瞎扯，他是小圖的男友。」章澈急急澄清。

我看着章澈，他總是維護着所羅門王，就像一條誓死效忠的護城河。香港七百多萬人，章澈總是杞人憂天，害怕某天碰上的是所羅門王父母的朋友，或所羅門王的同事，或所羅門王同事的朋友，他不肯讓所羅門王冒這個險，在公眾場合都會跟所羅門王劃清界線。

我問：「普師兄，兒子改了名字沒有？」

「改了啦！是我起的名字，叫周詳！好名字是不是？」

我猛點頭，真是好名字，我從衣袋裏拿出紅包，「我們做的禮，請笑納。」

普師兄相當老實，當着我們面前打開了紅包，他眼前一亮，「嘩！你們太客氣了！我兒子的尿片有着落了，這裏連我爸的成人尿片也夠買兩年呢！你們三人真是我的好朋友！」

電視奏起下一首歌的序曲，普師兄宣佈那是他的飲歌，飛奔去執起麥高風，一邊着我們不要客氣，要喝多兩罐汽水，那是酒席包送的。

所羅門王撞我手肘，「叫周詳啊！」

我噗一聲笑出來，「想像得到……很長遠！」

章澈睨我一眼，我還不是忍不住陰陰嘴笑。

隔一會，嫂子抱着嬰兒回來，我趨上前逗孩子，他的臉長得像麥兜，可愛得叫人想咬一口他的面珠。嫂子替周詳換尿片時我偷看了一眼，唔，果然名不虛傳！

八時半開始起菜，普師兄的親友像極餓足一整年、農曆七月十四放出來的鬼，一張桌十二雙筷子刀光劍影，各人口咬着一塊燒肉，手已在夾下一件叉燒。我們三人都被感染了，落力地狼吞虎嚥。

吃了三道菜，大家的速度才慢下來，普師兄又走上台，開始發表他的偉論，説甚麼香港現今的讀書文化是反知識，甚麼文壇要蓬勃起來就要像日本作家般放膽寫關於糜爛而真實的生活，還有股市小陽春的陰謀論。難得的是他老婆一直掛着微笑，非常留心的聽着他説話，但又好像甚麼都沒有聽進去。

「章澈，仍在寫作嗎？」普師兄手持一杯馬爹利步履不穩的過來敬酒。

「間中吧。」

「你們認住這隻鷹！我這個師弟，將來會是個大作家！我讀過他的文章，一看就知道他非池中物。我們大學的寫作社，我最欣賞這個小師弟了，他是個能夠堅守自己想法、毫不動搖的有為青年！文仔，拿出你的手冊來，請章澈哥哥替你在上面簽個名，我敢用我父親的命去擔保，將來一定升值百倍，有價有市！」

章澈被普師兄誇讚得臉也紅。

所羅門王奇問章澈：「咦，你是作家嗎？為何我從沒看過你的文章？」

「別聽普師兄胡說了。」章澈尷尬搖頭。

「普師兄，你呢？你為何又不寫作了？」我問。

「沉澱期啊！師妹，你知道甚麼是沉澱期嗎？我這幾年沒一刻閒着呢，寫作要累積人生經驗，才可以寫出震憾人心的作品！我不奢望做職業作家，我仔細老婆嫩呀，等到四十五歲，我會盡地一煲，寫一本像《哈利波特》的全球暢銷書，足願矣！」

《哈利波特》……我還以為普師兄的目標會是賈平凹或海明威，起碼也是曹雪芹吧？況且，《哈利波特》不是一本，一共有七集啊，此外還有外傳、前傳、一大堆衍生本，但我當然不好意思指正。

終於，囍宴重點的魚翅羹來了，嚼起來比較像魚膠粉，但是大家還是吃得很高興。周詳一個月大已經訓練有素，他爸爸口沫橫飛高談闊論，他也可以照樣睡得香甜！

普師兄的親戚捧着盛滿菜的碗也要排隊到台前獻唱，有人大聲召侍應問有沒有撲克牌，普師兄滿場跑了一圈後，索性自己拉一張椅子坐到我們那席中，和所羅門王猜起拳來。

普師兄在酒吧當過一陣子兼職男拳手，所羅門王不是他對手，給罰飲了很多杯。

「小圖，你男朋友真的很帥！」此話他已經説了八遍。

「普師兄，若你喜歡的話，當作新婚禮物送你。」我講真的。

「哈哈哈，帥哥，你要好好對待我這小師妹呀！她這份人就是口硬心軟，談起戀愛來，其實義無反顧、可歌可泣！你知道她以前跟章澈……」

「普師兄！」我制止他，他喝太多了。

「好好好，過去的就過去了，我不亂説真話了。小圖是個好女孩，帥哥你別以帥行兇，千萬要珍惜她！」普師兄打了個酒嗝，續説：「小圖，你也別再犯那個口是心非的老毛病啦！愛一個人不用覺得羞恥，要大聲説『我愛你！』知道嗎？你不敢説，普師兄可無法代替你說的呀，哈哈！哈哈哈！」

我苦笑了，只好靜靜地喝那杯廉價紅酒，酒席包送的。

忽然之間，普師兄的目光停在偏廳的入口處，表情僵住了。我朝他的視線望去，看見一個身材瘦削斯文內斂的男人，他穿着白色的T恤外加卡其色西裝外套，下身是啡色的棉質幼條紋長褲。

普師兄站起身，趨上前去，並沒有習慣性的跟男人來個熱情握手或擁抱。

「你來了。」普師兄站在距離男人三呎的距離。

「恭喜。」男人一直盯着普師兄的臉，沒有看主家席的嫂子和嬰兒。

「進來……坐一下。」

「不了，我還要趕回公司。」他遞上一個世界知名的有機嬰兒服裝公司的膠袋，「給孩子。」

「謝謝。」普師兄接過，沒有立刻拆開來要周詳穿上，甚至看也沒有看它一眼，他說：「既然來了，吃一碗翅再走好了。」

「我不介意留下……只因工作關係，真要先走了！」男人垂下一雙眼睛，乾澀的笑笑，轉身便走了。

普師兄默默地把膠袋隨便放在一角，回到桌前，興高采烈的要吵醒周詳跟大家敬酒。偏廳裏靜下片刻的眾人，隨着男人的離開又嘈雜起來。

章澈自言自語：「他怎麼來了。」

我望向普師兄的新婚太太，一臉幸福的她，着普師兄率領主家席的親友去敬酒，沒半點異樣。

「那男人是誰？」所羅門王半醉地問。

章澈只是不住搖頭。他站起身走到座位空空如也的主家席，替抱着嬰兒分身乏術的嫂子，細心夾多了一點菜。

他好像比普師兄更在意那男人的出現。

普師兄敬酒完畢，吃了兩塊炸子雞，又霸住了麥高風一連高歌了三首，分別是《明天我要嫁給你》、《領悟》和《分手總要在雨天》，散席時，他盛意拳拳的塞了四大個新奇士橙給我帶回家。章澈就拿了五隻紅雞蛋，普師兄說他寫作用腦，要多補充蛋白質。

偏廳裏的人，誰都沒有把男人的出現放心上，甚至不曾留下印象，便已徹底忘記了。

*

*

*

離開酒樓時，所羅門王喝得爛醉，我和章澈兩個人合力才勉強扶住他。

在路邊截計程車，章澈用迫不得已的聲音說：「小圖，請你送所羅門王回家吧，我不方便送。」

「沒問題。」我一口答允。

所羅門王半醉半醒間聽到章澈的話，舉起手甩開我們，「我不回家，我們繼續喝！新房在哪裏？我還未走去鬧新房！」

「別鬧啦！人家兒子都生了，還有甚麼新房可鬧？」我鬧。

所羅門王衝到行人路邊大吐特吐，章澈替他脱掉那件剪裁得宜的 Armani 西裝外套。所羅門王撐着燈柱站起來，「嘩，吐出來舒服得多了！我又可以再來多兩 round！」

「難看死了！」我沒好氣的指着他藍色恤衫腋下被汗水濕成兩片，「大少，叫過你十萬次不要穿藍色襯衣，瞧你這副衰相，我們怎帶你去玩？你還是乖乖回家啦！」

所羅門王瞇着眼睛瞅我，忽然用手臂挾住我的頸，把我的頭塞進他腋窩去，一邊狂笑任我怎踹他也不放開！他真是個徹頭徹尾的瘋子！

「快給我 google 一下，附近有沒有 gay bar？由章澈帶路啊！不不不，今晚太高興了，我們換一種玩法，去一家日式夜總會找小姐去……小圖你到過夜總會沒有？」

章澈張羅着紙巾，替所羅門王抹掉恤衫上的穢物，沒好氣地說：「你要找女人，自己找個夠，別把小圖帶去那種地方！」

所羅門王捧起章澈的臉，非常認真的説着醉話：「你放心，我不會愛上女人。我才不像你那個普師兄，還要努力騙自己一輩子！殊殊！不用你說了，我知道他也喜歡男人，對不對？我們這個族群，一眼就看出來了！」

章澈不說話，掙脫了所羅門王，自顧跑出馬路截停一部計程車，我踢所羅門王的屁股，「上車！」

我擠進了後座，考慮兩秒鐘，對街上的章澈說：「還是上你家好了，現在送他回家，難保他不會在他爸媽面前做出甚麼驚人舉動。」

章澈同意我的話，坐到前座去了。在車程中，我打電話到所羅門王家，雖然他已是個成人，但我想跟他家人交代一句比較好。所羅門王的母親接電話，一聽我說她那寶貝孩子要上我家過夜，不虞有詐說沒關係。

「是，我會照顧他了……我家裏有參茶……好，伯母你也早睡。」

掛了線，我發現章澈一直在前座的倒後鏡盯着我看，我期待他會說甚麼，但他甚麼都沒說，別過臉望出窗外。

二人合力將死醉的所羅門王抬進章澈家時，已經大汗淋漓、筋疲力盡。在席間也喝了不少紅酒的我，摘掉高跟鞋不支地坐在地板上。

章澈不遺餘力的跑進洗手間，替所羅門王弄熱毛巾，我說：「別管他啦！任由他明天醒來，頭痛到死不就好了！」

章澈不聽我的，扶起癱在地上的所羅門王，把他安放在一張單人沙發上，又替他敷熱毛巾又低聲地呵寒問暖，呼呼大睡的所羅門王全無反應，我又看不過眼。

「他今晚不會醒過來了，你別理他呀！」

我從單人沙發旁的雙人長沙發上，塞一個咕㕭到所羅門王臉上，他在睡夢中順手抱過抱枕，蜷曲成一條幼蟲的低吟，地震也吵不醒他了。

章澈搖一下頭，憐惜地說：「我替他拿張被子。」

也許，受到酒精影響，我變得非常焦躁，粗魯地擋在章澈前面，用力把他推跌在長沙發上，指着他罵：「你幹嗎要做他的免費傭人？別把自己弄得那麼低賤好不好？我看着你，氣得要噴火！你任勞任怨，就以為他永遠不會離開你嗎？」

「你不會明白。」

「對，我真不明白！」我說：「他連承認你的勇氣都沒有，他唯一關心的就只有明天去甚麼地方玩、到哪間酒店吃下午茶！你喜歡這樣的一個廢人，值得嗎？」

「他也有他的顧慮和苦衷。」

我不以為然地冷笑一下，質問他：「三年後、五年後，如果他像普師兄一樣找個女人結婚去了，你打算怎樣做？婚宴那天跟在他身後替他清理嘔吐物？新婚之夜替他準備避孕套？還是幫他老婆挽鞋？夠了吧章澈，你甚麼時候醒醒，替自己認真着想一下？」

章澈雙眼紅了一圈，「不如，就當作是我自作的孽吧。」

我凝視着他，不說話。

「我也害怕某月某日，我會像普師兄的前男友，只能眼睜睜的看着所羅門王跟一個女人結婚，道賀時連大力握手都不敢，惟恐別人會發現當中的曖昧。看着你跟他母親熟絡的通話，我妒忌得腦袋要爆炸。但是，我可以做的，就只有替他拿熱毛巾和被子了。今天我喜歡他、他也仍是待我很好，我已經心滿意足了。」

我發洩的踹了所羅門王一腳，他舔了舔舌頭，繼續香濃地甜睡。

我跌坐到長沙發上，跟章澈肩貼肩的同坐。

章澈用很輕的聲音說：「你知道，我有多羨慕你嗎？」

「羨慕我？」

「你可以做所羅門王假裝的女朋友。你有條件把那個不了解你的何禮言拋諸腦後，拍拍身上的灰塵再起程找另一個好男人。你有很好的工作，站出來說話也有自信和氣勢，叫人都忍不住多看你一眼。你可以要求別人用愛情來打動你。而我，我只有拼了全力用愛情去打動別人的份兒……」

章澈的每一字每一話，就像生果刀一小片一小片的削着我的心臟。我一個翻身，向章澈撲上去，飛快地用唇封住了他的嘴，不要他說下去。

多年以來，我第一次重新的吻他。

章澈只是緊閉着雙唇，睜着詫異的眼睛看我，我得不到回應，只得放開了他，讓自己跟他保持着看得見對方的距離。

「別說了，其實，你甚麼都一知半解，所以，別再說下去了。」我悲傷地望着他：「你的希望在明天，而我的希望只在過去。所以，請你別再比較誰比誰幸運了。」

章澈彷彿真正聽得懂我的話，他沒有自怨自艾。

我用手背敷着發燙的額，仰頭沉進沙發中。然後，我又把頭挨到章澈的肩頸上，他沒縮開身子，任由我多一刻的倚賴他。

是的，像木乃伊一樣，在這些日子以來，我把內臟挖空，塗上防腐劑，用繃帶把自己一層一層又一層的包裹着，扮演着莊嚴又堅強不摧的模樣。能夠擁有一具木乃伊，也許會叫收藏者驕傲不已，但試問又有誰會擁抱一具木乃伊呢？

我也想按照普師兄的教誨，大聲地說「我愛你！」但我不可以啊，我的嘴巴早已被繃帶封住了。

整間房子，只剩下所羅門王在熟睡中安穩而沉重的鼻息。

第八章

任何痛愛過的女人，都不會不明白

史提芬請了一個洋名叫蘋果的新秘書。我倒覺得，她應該改名叫西瓜。她的身材好得連我作為女人，眼睛也盯着她的胸脯移不開。本來迷戀郭子瑜的雜誌社男同事，由即日起移情別戀。

史提芬跟我和郭子瑜開編輯會議，蘋果敲門進會議室，俯身指示史提芬在文件上簽名。

史提芬請她沖一杯咖啡，蘋果挺胸收腹地綻開恰當的笑容，問我和郭子瑜也要不要喝點甚麼。

「咖啡。麻煩你了。」我說。

郭子瑜說不要，蘋果提起文件要離開時，郭子瑜卻叫住了她：「你的低V上衣很漂亮呢！在哪裏買？我也想買一件！可惜我沒有你的好身材，一定穿不出同樣的效果的吧？」

蘋果垂眼盯着她露出大半的乳房，笑說：「只是便宜貨啦，郭小姐，你喜歡的話，我給你貨品的資料。」

「有我尺寸嗎？我怕自己穿起來，那個V會跌到落肚臍啊！」

「不會，郭小姐，你的身材很適中。」

郭子瑜轉向老闆，「史提芬，我穿的話，你不會怕我被其他男人看虧吧？」

史提芬微笑，「只怕你着涼。」

蘋果不打擾郭子瑜和史提芬的打情罵俏，步出會議室，一邊把衣領拉高一點。

郭子瑜從眼角瞄着她，我呼一口氣，「夏娃被這顆蘋果害慘了！」

「可不是。」郭子瑜轉向史提芬，齒冷地問：「我不小心諷刺了你的新秘書，會不會叫你心裏隱隱作痛啊？」

「沒那回事。」史提芬答得體面：「我也看不慣她的裝扮，會請女同事提點她一下，這是工作場所。」

「警告你啊，你也不准穿得太低胸回公司！」

史提芬答應了，「知道知道，以後三十五度的大熱天，我也要穿樽領衫。」

我真受不了這對癡男怨女，這個會到底要開到幾時。

開完了會議，史提芬站起身往洗手間，郭子瑜說：「上廁所時別想其他女人。」

我揮手叫史提芬快逃命，我們回到座位前收拾文件時，蘋果經過告訴郭子瑜：「總編輯叫我訂了『夜上海』的桌子，他說你喜歡吃上海菜。」

「是他自己喜歡罷了！『夜上海』啊？這傢伙就懂得吃。」

蘋果笑了笑，「真羨慕你有經理這麼好的男朋友。」

「你也有拍拖吧？」

「嗯。他做投資顧問。」

「意思是……股票經紀？」

蘋果的面孔僵硬了一下，為難又尷尬的點點頭，她也是顧慮男友的面子，強將「股票經紀」說得堂而皇之。

我拉着郭子瑜離開，她說話恐怕也不用如此尖銳。

「看到她背面就討厭她前面。她的胸大得差點從後面都看到呢！」

「大胸是天生的，你不用呷醋成這個樣子吧。」

「發現自己喜歡的男人的眼睛，不停停留在別的女人身上，難道你會沒感覺？」

我聽到一頓，乾笑着說：「總比發現自己喜歡的男人，眼睛停在一個沒有胸脯的人身上釋懷吧。」

＊　＊　＊

《惡男》今期介紹咖啡店，郭子瑜堅持要我帶她到「藍咖啡」。

「『藍咖啡』又不是甚麼名店，你為甚麼要訪問它？」

「我相信你喝咖啡的品味呀，你是雜誌社裏最懂咖啡的人，要是你愛去『藍咖啡』，它一定有過人之處。」

「它是我一個朋友開的店子，那是同情分啊。」

我從沒有向郭子瑜提及過我和章澈的事，也不是任何人需要知道的。

「就算是朋友的生意，你也不會盲目捧場。記得上次你有個舊同學跟我們推銷新款電腦，你轉頭就悄悄跟史提芬說那電腦牌子信不過，不用因為你的交情而接你舊同學的生意。除非……」郭子瑜睨着我，「你暗戀咖啡店的老闆？」

我沒好氣，「我替你問問我朋友，但他未必會答應接受訪問，他是個低調的人。」

由於交稿期趕急，郭了瑜迫我在她面前打給章澈，勢成騎虎，章澈答應了。訪問那天，我跟郭子瑜一起到咖啡店，我替他們互相介紹後坐到一角，郭子瑜則走到吧枱後，聽章澈詳細講解。

「我多數選購南美國家的咖啡豆，味道比較濃郁豐富。採用法式泡壓方式沖製出來的咖啡，會比滴漏方式更加強烈，因為油份都保存在咖啡裏沒有被隔掉，香味會撲鼻而來持久不散，你試試這兩杯。」

我扮作在看雜誌，其實一直偷聽章澈的說話。他不曾對我如此嚴肅的演說，也從不會炫耀他對咖啡的知識。因此，看着他認真而專業的樣子，我覺得既驚訝又有趣。

郭子瑜接過兩杯用不同方式炮製的咖啡，問：「品賞咖啡有沒有特別的技巧？」

「這樣說吧，就當作你在喝紅酒。」章澈拿起一杯咖啡，「呷一口，讓咖啡停留在味蕾上，感覺味道在口腔裏散發，然後才喝下去。喝咖啡不止是為了它的咖啡因，否則，不如嚼一包口香糖更能夠提神。」

郭子瑜照他的指導喝了一口，閉上眼聚精會神的感受，吞下去說：「我彷彿嚐到焦糖的味道！」

章澈滿足地笑，「這也是我對這種咖啡豆的感覺。試試滴漏方式炮的這一杯。」

「顏色淡多了，真是同一款咖啡豆嗎？」她嚐了一口，「味道完全不同。很淡，有一種苦澀味，隔兩秒後才滲出一點點甘甜。」

「你很有天份。」

郭子瑜轉頭向我嚷道：「聽到沒有？你朋友說我有天份。」

「他跟所有客人都說同一套話啦。男人的讚美你都相信嗎？」我故意刺激她。

郭子瑜不理睬我了，跟章澈說：「我總覺得，只有胸小的女人，才適合喝咖啡。」

章澈嚇一跳，以為自己聽錯：「甚麼？」

郭子瑜一疊聲地解釋：「喝咖啡應該是很有氣質很瀟灑的一回事，一個平胸、穿着恤衫、化着淡妝不帶笑容的瘦削女人，才配合咖啡的氣氛。換上一個36D穿着低胸大花裙、一邊喝咖啡一邊大聲談電話的女人，咖啡就變成一種庸俗玩意了。對了，小圖一定會說我偏執，因為我男朋友剛僱用了一個大胸的秘書！我還真不明白男人啊，乳房跟大腿有甚麼分別，都是一團肉！為甚麼肉長在胸骨上，他們就特別興奮？」

章澈怔怔的，一本正經的他，一下子實在不懂回答。

換着是我，也不懂回應郭子瑜。大概，只有所羅門王那種天生的淫棍，才有接話的能力。

「你不會怪我說得太多吧？我就是那種有話直說的女人，有疑惑就問個清楚明白嘛。就算，我男友經常教訓我，這不是不恥下問，叫強人所難。」郭子瑜笑了，「告訴我，你為甚麼開咖啡店？小圖說你是她大學同學，為甚麼不好好找份工作，跑去賣咖啡？因為成績考不好？」

「賣咖啡有甚麼不好？」我又不滿，忍不住遠遠地插口。

章澈收拾郭子瑜喝完的杯子，微笑着回答：「有些人為了達到別人『有出息』的標準，一輩子都在做一份自己討厭的職業；有些人則比較重視做回自己，即使在其他人的眼中，那就是所謂的沒出息工作吧？」

我受不了，面對這種控苦式的質問，他居然仍可保持謙虛和善啊。

郭子瑜邊摘下筆記邊說：「我剛才提及的那個大胸秘書，他男友是股票經紀，每天打電話游說師奶亂買股票的那種。我實在難以想像，有人竟會用這作為理想的工作，那才叫沒出息！開咖啡店不一樣，不管有沒有出息，至少還有點氣質！」

我邊聽邊在心裏罵，此妞真想向全世界宣告她對蘋果的敵意啊！不知她會不會從此拒絕用Apple手機呢？我給她悶死了，催促着問：「小姐，你訪問完了嗎？我還有工作。」

郭子瑜站起身，翻翻門前的書架，發現一本雜誌，驚叫：「請問一下，你怎會有這種雜誌？」

章澈看看封面，好脾氣的笑問：「有甚麼問題？」

「我有一次去gay bar時見過！章先生，難道你是同性戀嗎？」

我走過去，一手搶走她手上的雜誌，「小姐，你怎可以問這種問題？你這一次採訪的主題，該是咖啡店吧？」

「我是在訪問咖啡店呀！同性戀者開的咖啡店，這個介紹才有角度有賣點，我們《惡男》可是有很多同性戀讀者呢！」她說得振振有詞：「那些直男懂甚麼吃喝玩樂品味？章先生，請你回應一下，你是gay的嗎？」

「章澈，不用理她。」我肅着面孔望向他。

章澈靜默看我，然後，又再看看郭子瑜，直認：「沒關係，我是喜歡男人沒錯。」

我整個人怔呆了，章澈知道自己在做甚麼嗎？他不向任何一人承認自己是同性戀者，可是，他卻向擁有三萬本銷量的《惡男》讀者直認他是GAY！

他到底在做甚麼？

「很好！在這年代，是同性戀又有甚麼好否認的呢！」郭子瑜重新坐到章澈面前，興趣勃勃的問：「聽說你們有1和0的分別，我一直想知道，在你們的關係裏，是不是其中一方一定做0，另一方固定做1？會對調嗎？會有人本來是0，後來變成1嗎？」

「也沒有一定的。」章澈愈說愈多，也愈說愈順暢：「你喜歡的人要是喜歡做1，你就會很自然變了一個0吧。」

我聽不下去了，拿起肩袋，大力的把椅子推到一旁，以展示我的不滿。郭子瑜不明所以的說：「你幹嗎一直發脾氣呀？」她轉頭跟章澈笑說：「章先生，不瞞你說，我本以為小圖暗戀着你，才會想力阻我來做訪問！」

我沉着臉，對章澈說：「我先走了。」正要轉身離場，所羅門王卻出現在咖啡店門前。

郭子瑜一眼認出了他，雙眼發亮，「所羅門王，你來這裏幹嗎？」

章澈搶白，「你來接小圖吧？」

非常好，你這個忠臣，不去保護自己，也要保護你的王。

所羅門王還未來得及反應，郭子瑜已從椅子上跳下來，嘿嘿地笑，「我都說你們兩個有蹊蹺，小圖怎可能不看中所羅門王這種俊男！你有駕車嗎？我可不可以搭你的順風車？章先生，攝影師明天會來補兩張照片，你穿漂亮點，《惡男》有很多同性戀讀者，他們很快會排隊來這裏喝咖啡！」

* * *

在所羅門王的車上，郭子瑜仍然喋喋不休。

「你在 Pure 那間化妝品公司工作？我去買東西可不可以有折扣？你做甚麼職位？可以給我折扣嗎？」

「Pure 是我父親的生意。」所羅門王說：「而我，我是每天回公司坐幾個小時、一直玩電腦上的接龍和轉珠遊戲、在一大疊文件上簽名、沽名釣譽的總經理。」

我告訴這位不學無術的總經理，「沽名釣譽不是這用法，你這叫『掛名』。」

郭子瑜在後座喊：「嘩！太厲害了！那為甚麼小圖從來不好好化妝？」

「她不是女人。」

我怒瞪所羅門王一眼，他才乖乖閉嘴。

「你別這樣批評自己女朋友啦，我和小圖都是同一類型的女人。」

我問：「甚麼類型？」我真想知道。

「我們都喜歡一流的男人。史提芬又老又囉嗦，但第一次跟他約會時，聽着他說話，我興奮得打顫！女人的價值，取決於她跟甚麼樣的男人在一起，選一個頭腦出色的男人做對手，女人的質素也會一併提升。所以，蘋果那種小秘書才會妒忌我。她每天替一個注定幹不出大事的男人洗內褲，所以，才會對只跟一流男人來往的女人看不過眼！」

所羅門王爆笑，「聽你這樣盛讚自己，我也眼界大開，但你會不會自大了一點呢？」

「我講出真相而已！女人喜歡男人，一開始可能迷戀他的胸肌，他溫柔體貼的替你挽手袋，可是，到了最後，我們喜歡男人的，是他的能力。沒有能力的男人，只可以跟與他同級數的人配對。舉個例吧，好像小圖的朋友章澈，賣咖啡賣得如此充滿熱誠，人也長得非常可愛，但有條件的女人也不會選擇和他結婚吧。不過還好，他喜歡的是男人……」

我二話不說，拿起所羅門王車裏的一張CD，轉過身信手就把它擲到郭子瑜臉上！

她慘叫，按着眼睛，拿開手看到血，她的眉角有一道破開的鋒口。

「沈欣圖，你發甚麼瘋！」

「下車！」我喝。

郭子瑜大聲喊道：「你怎麼無緣無故用CD侵襲我？所羅門王，你女朋友是不是瘋了？」

「下車！」所羅門王喝。

所羅門王把車停到路邊，看着倒後鏡，氣定神閒笑說：「這位小姐，你太不了解我女朋友，她一向都是這樣暴力的。但我就是喜歡她發神經！順帶一提，她的神經病，多數是被另一個神經病引發的。」

郭子瑜像見鬼的逃出車廂，所羅門王開動車子，我見他張口，立刻繃着臉，「別說話。」

所羅門王唯有沒有目的地的前進，我們上了青馬大橋，在機場拐了一彎，又再回頭。隔了好久，「我可以說話了嗎？」他問。

「最好不要。」

他不顧我警告，以身犯險的說下去：「你學了我的哪一招啊？把人趕下車。」

「那裏不是高速公路，我對她非常仁慈了。」

「她真的非常討厭，但你的反應會不會太激烈了？只因她說有條件的女人都不會看上章澈？你就令她破相？」

「章澈不是沒有能力的男人，他更不是沒出息的男人！」

「章澈知道一定會很高興。」

我恨恨地說：「就算章澈做通渠佬，就算他做男妓，我也不准別人說他沒出息！」我生氣得眼泛淚光。

駕着車的所羅門王，忽然伸長了沒握軚盤的一條手臂，將我擁進他懷裏。

我推開他，「你好臭！」我別過臉用力的擦擦眼睛。

「我不是奉承你，但有時你也真的蠻可愛的。」所羅門王微笑，「愛你唷。」

＊　＊　＊

第二天返回公司，郭子瑜沒上班，史提芬把我召進他的辦公室。

「你們兩個昨天發生甚麼事了？」

他着我坐到他對面的座位，我卻站着不動，「我害你女朋友破相了，你會給我解僱信吧？

蘋果正用電腦打信吧？我問她拿，簽署作實就可以。」

史提芬嘆口氣，「對不起。」

「幹嗎跟我道歉？」

「不用你說明，我知道一定是郭子瑜那孩子氣的劣行，我代她向你道歉。」

我簡直受寵若驚，輪到我不好意思，唉一聲說：「你是老闆啊，不用這樣低聲下氣。」

「其實有需要，因為，她的任性，我有責任。」

我失笑，「因為，你同時也是她的男朋友？」

「對，在公在私，我也太縱容她了。」他說：「我待她就像對待女兒般。」

「其實，我也太過份了。我應該一腳踢向她座位，讓她尾龍骨碎裂。很可惜，我剛巧坐了在前座，只好隨手拿起甚麼就擲過去了。」

史提芬苦笑一下，「以她那種粗枝大葉的性格，隔兩天就沒事了。她就有這個優點，再不愉快的事情，再痛恨一個人，過一段日子就忘得一乾二淨。我可以向你保證，兩星期後，你們又會手挽手的結伴去購物。」

「你肯定我也想原諒她？」

史提芬靜默地看着我。

如果你問我成熟男人該長甚麼模樣，我會不作他選的說是史提芬。每一個乳臭未乾的男孩，要是能夠以史提芬作為榜樣，四十歲時保持古銅色的肌膚，燙貼而滲了點白髮的短髮，敏銳的目光溫柔的眼神，手背凸現着強而有力的靜脈，叫人敬而畏之的說服力，就不愁找不到女人了。

郭子瑜為他着迷，我能夠理解。

我投降了，說：「我原諒她，但我希望她別太輕易原諒她自己。」

史提芬邀我吃一頓午飯，和上司午膳可理解為談公事，跟吃晚飯的性質不同，我一口答應了。

史提芬帶我吃咖喱，我把一個重甸甸的禮物袋遞給他，「送給郭子瑜，算是賠罪。」

早上，我傳了個信息給所羅門王，請他送出三套最絕頂昂貴的香水和化妝套裝，《惡男》雜誌想要介紹你們的牌子。所羅門王即時派出一位男職員，在一小時半後，將十套送抵我座位前。

史提芬一瞄是Pure的產品，「大小姐氣還沒消，你送上如此厚禮，她反而會借題發揮。」

「我就是希望她借題發揮，女人要用寵的，我要她明白我已踏出第一步。」

他收下，「好的，我會交到她手上。」

「郭子瑜有你這男朋友，是她的幸運。」

「圍城外的人以為城內的人幸福，圍城裏的人又羨慕城外的人自由。也許，郭子瑜和我一起，是她最錯誤的決定。」這位總編輯，總是間歇地透露出他本來是文藝青年的調子。

他的電話響起，「又上街？去哪裏？……沒問題，可談一下，我當然有時間聽你說話。」他的語氣相當溫柔。

我欠身要避席，向史提芬指指外邊，他卻搖搖手着我坐下。

「……回家後致電給我……我不是管束你，我這是關心你吧……對，我今晚會回家吃飯，我回來時你要是睡了，我叫醒你好不好？」

擾攘了一會他才掛線，隨即忍不住嘆口氣。

「郭子瑜啊？」我也受不了這位小姐。

「呵……是我女兒。」

「你別常常說郭子瑜是你女兒，她聽到後會不高興的吧。」

「不，那的確是我女兒，她今年十二歲了。」

我張大嘴巴，從不知道史提芬已經結婚生子，然後，我驚覺自己太失儀，連忙合上大口，小聲地問：「郭子瑜知道嗎？」

「她知道啊。」這次輪到史提芬張大嘴，「你們不是好朋友嗎？她沒有告訴你？」

「沒有啊。」

其實，我不該如此震驚。四十歲的男人，結了婚生了孩子，本來就十分正常。

他想到了甚麼，諒解地說：「那麼，我相信，她是不想正視這個事實吧。」

「你的女兒……跟你前妻還是跟你生活？」

史提芬露出抱歉的表情，「我沒有跟我妻子離婚。」

又是一顆震撼彈，「郭子瑜是你情婦！」

「我把她視為外面的女朋友……但你也可以那樣說吧。」他說：「我和我妻子已經沒有感情……」

我禁不住冷笑一下，這個陳腔濫調。

「我知道你在想甚麼。可是，我妻子也知道我有女朋友，我跟郭子瑜拍拖約會，她從不過問，我們是為了女兒才繼續在一起。我和她已有共識，到了女兒十八歲，我們就正式分開，我們不想離婚，影響她的成長。」

我很抗拒，語氣重了一點，「別拿女兒當藉口。」

「一對父母是真會為了子女才住在一起，我們有責任提供孩子一個正常的家庭環境。」

很遺憾啊，直至這天早上，我仍是極度欣賞這個男人，現在的我卻徹頭徹尾鄙視他了。

「你肯定這是對女兒好？擁有一個父母沒感情的家庭，她會比較幸福嗎？事情可不是絕對的。你們離婚，她也許會變得更獨立自主。你們不離婚，還用『為了她』作為理由，待她發現一切都是假象的真相時，只會遭受更大的打擊，也許吧，她會終生也不相信愛情這東西……你有沒有想過這一點？」

史提芬沉默了下來。

我顧不了他的身份是我上司，用責備的聲音說：「其實，說到尾，是你不夠愛郭子瑜罷了。剛才你提起妻子時，說了多少次『我們』？可以用『我們』來形容為一個體，可以回家同枱吃飯週末結伴外出，倒叫我覺得你和妻子的感情相當不賴呢。假如你愛的是郭子瑜，立刻就離開你妻子了，甚麼女兒甚麼家庭幸福，都是你自欺欺人的偉大藉口吧。」

「你認為，郭子瑜應該離開我吧？」

「我不知道。」對，我憑甚麼知道呢。愛情世界裏，只有當事人才會冷暖自知。我說：「沒有事情是絕對的。要是她心甘命抵要跟你一起，我怎會忍心說她離開你比較好？只是別給她不會兌現的承諾就是了。她是個天真的女人，你說甚麼她都相信，這就是我最惱你的一點。」

「聽完你的話，我也覺得，我的確是個很差勁的男人。」他輕聲地承認。

「客觀來說，證據確鑿。」最厲害的男人，就是懂得在適當時候認低威，教女人徒呼荷荷。我告訴幾乎無懈可擊的史提芬：「可是，女人的通病，就是喜歡愛上不該愛的男人，愈不該愛的男人我們愈愛。」

我看着桌前的印度咖喱。沒錯，就像吃咖喱一樣，明知吃了一身膻味，明知會辣得汗流浹背，還是抵抗不了那種香味那種刺激。

對吧，再不應該愛的人，只要你加進了自己的感情，就變得情有可原。

史提芬説：「過兩個星期是我生日，我想拜託你……」

「代替你陪伴着郭子瑜？」

「麻煩你了，雖然，我不可以加你人工。」他苦笑。

我總算明白，他請我吃午飯的意思了。

* * *

史提芬生日那天，他請雜誌社的同事吃蛋糕，大胸秘書蘋果把蛋糕切成小片放進紙碟裏，郭子瑜不客氣的拿過兩碟，親自把其中一塊交給史提芬。

「老總，有甚麼生日願望？」同事甲問。

史提芬想了想，「《惡男》的銷量蒸蒸日上！」

眾人喝倒彩，不知哪個男同事提議郭子瑜親吻史提芬，史提芬想推搪，郭子瑜卻爽快的一下吻到他的臉頰上。

史提芬尷尬的接受大家的歡呼，佯裝板起臉的催促我們快回到工作座位上，他步進自己辦公室時，郭子瑜也跟進去關上門。

嘴巴壞的男同事說，郭子瑜一定是要送史提芬一個特別的生日禮物，叫蘋果快快藉詞衝入辦公室，看看郭子瑜是不是蹲了在辦公桌下。雖然，蘋果腦袋好像也不是太聰明，也知道該對這事充耳不聞。

我好奇又擔憂的不時偷望辦公室門，十分鐘後郭子瑜終於出來，她的臉隱約有淚痕，化妝溶掉了。

我小聲問：「你還好嗎？」

CD侵襲事件發生兩星期，她待我仍然冷淡，「我沒事。」

「今晚一起去飲酒？」

「我要加班。」郭子瑜說罷躲到洗手間裏，出來的時候已重新補好妝。

我看着她細心打扮的臉龐，她當然不是為了加班，才替眼蓋抹上完美的顏色。

晚上七時，史提芬步出辦公室，郭子瑜追上去。我遠望他們在升降機大堂交談，郭子瑜拉着史提芬的手臂激動的說着甚麼，史提芬無奈安慰，升降機門打開，裏面有幾個乘客，郭子瑜顧着自尊，放手讓他走了。

她步回辦公室的時候，男同事們都扮作從沒見到剛才的一幕，繼續望着電腦熒幕。

「我很餓了，我們去吃飯吧，吃完再回來加班？」我說。

「我不肚餓。」

「陪陪我吧。」我推推她的手臂。

「你別煩我好不好！」她用力的甩開我，我的手被她突如其來的發難撞到桌角，疼痛的按住手肘。

郭子瑜一怔，連忙說：「對不起！」

我嘆口氣，用只有她聽到的聲浪，苦口婆心說：「你生氣也是於事無補，他始終是個有老婆女兒的男人，你一星期佔據了他五天半，但這種日子你別跟她們爭奪吧，你是鬥不過她們的，為甚麼偏要把自己陷入落敗的局面？」

郭子瑜一怔，然後乾笑一下，「既然他都告訴你了，我們去吃飯，說說他壞話吧。」

＊　＊　＊

坐在史丹頓街角的酒吧，兩杯下肚，郭子瑜已經不勝酒力。心情不好的時候，人會特別容易醉。

她指着溶掉了一半的眼影，「這是你送我的禮物。」

「我以為你會把它丟進垃圾桶。」

她從鼻孔用力地呼氣，「與其渴求一流的男人在我臉上貼金，女人還不如投靠一流的化妝品。」

我斜視郭子瑜紅粉緋緋仍然吹彈得破的皮膚，「為了一個不肯離婚的男人，值得嗎？」

郭子瑜沉默半晌，紅着眼搖搖頭。

一個男人上前要請我們喝酒，郭子瑜笑着回答：「我老公不讓我喝其他男人買的酒。」

「你老公在哪裏？」男人認為郭子瑜胡扯。

「不知道呢，但他的保鏢在出面。」郭子瑜隨便指着史丹頓街外的一輛名車。

男人唯有知難而退，郭子瑜瞇着眼盯他的背，「把自己放回大海，跟這些九流的男人鬼混，我寧願做個一流男人的情婦！」

我呷了一口長島冰茶，無可奈何地問：「有女人喜歡一世做情婦？」

「誰說做妻子的一定比較幸福？我已經很滿足了，我愛他而他也愛我，掛念他時可以直接打電話告訴他。他生病仍堅持上班，我可以照顧他一邊裝作責備他說：『你不留意自己身體我會很擔心的啊！』當他嘴唇乾燥，我會吻他。趕稿熬夜時，他一通電話叫我早點睡，我會幸福地說知道了，然後精神抖擻的工作下去。我想他時，我知道他一定也在想我⋯⋯這樣，還不足夠嗎？」

我苦笑，不知道該說甚麼。

郭子瑜盯着悶悶喝酒的我，笑說：「你一定覺得，我為了很卑微的小事情而滿足，是在自欺欺人吧。」

其實，我在想着住在距離酒吧兩條街外的章澈，這一刻在做甚麼。

我說：「不，我明白你。如果我愛他而他不愛我，那麼，我掛念他時只可盯着電話祈禱他打來讓我聽到他的聲音。他生病時還堅持上班，我只會暗暗地擔心他，連將手放在他額角探熱也不敢。他嘴唇乾燥，我只可以說：『你應該買一枝潤唇膏了。』趕稿熬夜時，不會奢望他致電給我。我想他時，我會想這刻他正想着誰？」

「可是，你有所羅門干啊，這種苦戀的感覺離你很遠嘛。」她叫多一瓶啤酒，問我有沒有帶煙。

我有，但我假說沒有，她不相信，搶過我的手袋自己找，然後，她替自己落寞地點了一根煙。

我看着她問：「但是，那樣就足夠了嗎？他生日時你只有我陪你喝悶酒，此外這個世界更有太多節日，聖誕、新年、復活節、情人節、端午節，你不是壞女人，你應該擁有一個在節日裏，能夠跟你一起的男人。」

「我有你啊。」

「我是女人。」

郭子瑜忽然趨近吻了我的嘴一下，我呆住了，她帶着醉意的笑，「對，男人只會叫我失望，他們從我身上拿到他們要的東西之後就拋下我，我不如愛女人好了。」

「你會愛上女人？」我問。

「也有這個可能啊。」郭子瑜凝視着我，「如果，有天男人傷害我太深，我就會愛上女人。」

「我理解你的感受。」我只好和她乾杯，「男人除了做愛的器官之外，有甚麼是女人不能給另一個女人的？」

郭子瑜挨在我身上，苦惱的説：「但我就是愛跟男人做愛啊。跟史提芬一晚做三次也不會厭倦，我真是個淫婦。」她浪蕩大笑。

「也不妨，女人可以把男人當性玩具，然後跟另一個女人戀愛。」我説。

郭子瑜雙手環抱着我的頸，仰起頭又再吻我，因為她吻我的時候哭了，所以我不忍心推開她。

我可以給她吻我，但我不肯跟她舌吻。

她緊緊擁着我，悲傷的説：「你知道嗎，我想跟他生一個孩子，我想擁有一個帶着他成份的Baby。我廿九歲了，難以置信的我已經廿九歲了，你不會明白，等他女兒十八歲時，我可能已經生不出。到最後，我便會一無所有。」

我撫着她依然烏黑漆亮的頭髮，「我明白你啊。任何痛愛過的女人，都不會不明白你。」

那一晚，我獨自回家時，一直在想，到底是不是我逼得太緊，最後把章澈逼成了同性戀？是的，我一直想逃避這個令我困惑的問題，可是，當郭子瑜吻着我的唇，我突然發現了，我極有可能就是章澈愛上男人的根源。

＊　＊　＊

我送章澈一本《惡男》雜誌。

他揿到介紹「藍咖啡」的一頁，用上三分鐘仔細的閱畢，然後，他掩不住愉快的神情説：「她寫得太失實了，根據她的描述，我的咖啡可以把人起死回生。」

「她喜歡你嘛。」我說：「只要記者喜歡受訪者，可以將一個凡人寫成神。」

「我的女人緣，彷彿真的比男人緣好。」他自嘲一下。

「可惜，現在全部《惡男》的讀者都知道你是Gay了，你真的不後悔嗎？」

「沒甚麼好後悔的。」

「假如有那麼一天，你想學普師兄般的娶老婆，會非常困難啊。」

「我不會啦。」

「不會娶老婆，還是不會後悔？」

「兩樣都不會。」

我追問下去，「如果有一天，你想要個兒子，你總要找個女人幫你生啊。」

章澈調了一杯咖啡給我，像聽到了一個很好笑的笑話般，「我幹嗎會忽然想要一個兒子？」

「我今天訪問了一個太太剛生了女兒的男影星，我覺得他有一段話說得很對。」我告訴他：「他說，男人年輕時都會認為沒有孩子比較自由，但一到了某個年紀，看到身邊的朋友都結婚生子了，就會害怕自己會無聲無息的從這個世界消失掉，非常渴望自己能夠擁有屬於自己的孩子了。」

「我恐怕還沒到你說的那個年紀吧。」

我看着章澈，他那張從中學就沒有多大轉變的臉，我想像着他將來的兒子會長甚麼樣子。應該是那種，皮膚白白滑滑的，不太瘦不太胖，乖乖地穿着父母替他買的T恤短褲，害羞得不太敢在陌生人前説話，卻會因為渴睡而撒嬌愛哭的孩子。

我忽然問：「不如，我替你跟所羅門王生個孩子？」

章澈差點被咖啡嗆倒，他放下杯子，「你這是甚麼瘋狂念頭！」

「一點也不瘋狂啊。外國不是流行代母嗎？你們兩個男人不能生孩子，我又是你們的好朋友，幫你們生個兒子，也是舉手之勞。在未來日子裏，可以三個人一起撫養呢。我教他讀書寫字，所羅門王教他吃喝玩樂，你照顧他起居飲食教他品嘗咖啡……」

「教一個小孩子喝咖啡？依我看來，你還是別當母親比較好。」

「小孩子很快長大。況且，你又怎知道咖啡對小朋友不好？我們每天把一點咖啡粉混進他的奶粉裏，讓他自小培養咖啡的品味！」

章澈拍拍額角笑，「真受不了你這古怪的腦袋。千萬別讓所羅門王聽到這個提議，愛玩的他，真會付你十萬八萬，逼你實行這代母計劃。」

「橫豎有一天，我也會生一兩個孩子來到這恐怖的世界，與其生一個我抱在手上不知該安置在客廳還是洗手間、擔心奶粉太貴菲傭太懶，倒不如替你們生一個含着金鑰匙出世的孩子，有所羅門王做他的富爸爸、你做他的窮爸爸，我才算是不枉這一『生』啊！」

「女人不是都堅持要和最愛的男人，生一個孩子嗎？」

我苦笑了。

每次章澈刻意去否定我對他的感情時，我也只能一笑置之，他彷彿要反過來說服我不可能對他餘情未了，也提醒我他始終不會是我最愛的男人。為甚麼他要這樣做呢？難道我沒有喜歡一個人的自由嗎？我又沒有騷擾到他。也不像郭子瑜般介入別人的家庭。

除非，單戀也是一種騷擾。

「還記得我有兩個兒子嗎？」我逃避回答他的問題。

「你的兒子？」

「何國明和何國強啊。」

章澈想起來了，笑道：「他們應該正在海中暢泳吧？」

何國強和何國明是兩條熱帶魚。當年我和刀疤副導演男友一起飼養，他姓何，替兩條熱帶魚起了人的名字。分手的時候，兩條熱帶魚留在我家的魚缸裏，我告訴章澈我決定要把牠們放生，叫章澈陪我到海邊。

我蹲在水邊的沙地上，解開透明膠袋的結，昂起頭跟身後的章澈說：「竟然有點不捨得牠們。平時每天要我趕回家餵牠們，我恨不得牠們已經反肚死掉。」

「那就別放生牠們。」

我搖頭，對着何國強和何國明說：「要怪就怪你爸，是他不要你們啊。」

我將膠袋反轉，牠們嘩啦的掉進水中，紅色和橙色的身軀一根箭般奔進大海。忽然，一幕幕深夜我隔着魚缸玻璃無眠地盯着牠們的情景湧上來，我後悔了，衝進水裏想把牠們抓回來，向章澈大喊：「幫我！」

章澈一怔，鞋也來不及脫，就跑進水中，半個人浸進水裏想攔着牠們的去路，掬着手心嘗試把何國強還是何國明撈起，但牠們敏捷的避開，潛進更深的水裏，隱沒在藍黑色的水中。

我跌坐在淺水裏，悲從中來，我的孩子都走了。

「我不應該放走牠們，那兩隻蠢魚在大海裏沒有人定時定候餵魚糧，一定會死掉！」我呆滯地盯着大海說：「我不是放生，我是殺死牠們了。」

章澈伸手把我扶起，他望着大海，「不。牠們沒有事，牠們都會很快樂。」

我濕漉漉的步離沙灘，走了幾步忍不住回頭，向着何國強和何國明游走的方向大聲說：「由今天開始，我也會放生我自己！」

當時，章澈笑着摸了摸我的頭，「你也會很快樂。」

忽然之間，我非常掛念何國明和何國強。

我跟章澈要多一杯咖啡，回憶着說：

「放生在大海的魚，應該不會比養在缸裏的魚安逸，但牠們應該活得更充實圓滿吧？我這個做母親的所作所為，也不算太過份吧？」

章澈用認真的目光看我，「我收回我之前的言論，我相信，你會是一個好母親。」

「感謝你的認同。」

「只不過，你做代母的那回事，就別再去想吧。」

「你真的不想我拓展商機哦。」

「我願意替你提供一輩子的免費咖啡，但願也會為你省下一筆。」

我笑了，「好啊，一言為定。」

章澈微笑看我，彷彿好好思量着甚麼，過了幾秒鐘，他收起了笑臉，臉有難色的說：「對啊，有一件事。」

「說啊。」

「有個地方，我希望你可陪伴我一同去。」

我一揮手，「別說了，我陪你去，地獄也陪你去。」

第九章

就算心有不甘，也得承認自己的慘敗

章澈照着地址，找到旺角的一幢殘舊的大廈，我陪着他步進升降機內，那些按鈕都殘破不全，看不清楚數目字。

「好像黑店。」

章澈朝我回應的一笑，笑得勉強，他內心是緊張得要命吧。

找到那家紋身店，大門敞開着，黑色的皮沙發上，有一個少年正翻閱一本圖案冊，抬眼望了我們一眼，朝房間內喊：「老闆，有客人。」

一個貌似美國影星 Rock 的彪形大漢從房門探出頭來，「刺青？」

他的手臂，由肩膊一直到手腕，都是刺青。以自己的身體作生招牌，這個方式算是最貫徹始終。

我正襟危坐點點頭，指着章澈。

「先看圖案冊，我紋好這個客人，出來跟你談。」

少年友善的把圖案冊遞給章澈，逕自扭開店裏的電視機，坐得很近的看卡通片。他的低腰褲滑到屁股上，我盯着他尾龍骨上的一對翅膀刺青，忍不住問：「刺的時候會痛嗎？」

少年回頭跟着我的視線看，「痛得要死，刺了一邊翅膀之後便想放棄了，可是中途折翼也太遜了吧？唯有隨手拿起枱布，顧不得骯髒的咬在口中，好不容易才捱過去！」

「樹妖，你是不是在幫我倒米！」Rock在房內傳出的聲音。

那個叫樹妖的少年淘氣的笑，「只不過，還不及刺這個痛……」他掀起T恤，他的肚臍圍着一圈Rock'N Roll的字樣，「我的肚子腫了三天，連大便都沒力氣。」

我蹲下細看，這真是大工程，「這麼痛，你為何還堅持去刺青？可以用印水貼紙嘛。」

「那是因為，刺青永遠不可以洗掉。」他說：「每一個刺青，都代表一次豁出去的決心！」

「這個代表甚麼？」我指着他的肚臍。

「代表我和搖滾樂永不分離！」

他說的時候，一張面孔閃着堅毅的神情，惹得我笑了。

「章澈，你選好刺甚麼圖案沒有？」

他把圖案冊轉向我，指着一個火炎中的英文字母S，「這個。」

我皺一下眉，意圖引導他問：「這個好看嗎？」

「他一直想刺這個圖案，但他是個怕痛的人。所以，我決定把它刺到我身上。」章澈用溫暖的語氣說：「這是我送給他的，我倆拍拖一週年的禮物。」

樹妖遠遠地插嘴：「為了女人紋身是最愚蠢的行為，將來一定會後悔！先生你要三思啊！」Rock在房內又叫罵。

章澈只是好脾氣的微笑，不說話。

我凝視着眼神堅定不移的章澈，心裏一陣酸溜溜。這一輩子，我也許都不會遇上願意為我做同樣的事的男人。要是我真的遇上了，我也只會把他當作瘋子吧？

可是，章澈卻做這事，叫我十分妒忌所羅門王。

只不過，是一點血加上一點痛楚，我也願意為章澈，在我身上刺上一個永不能磨滅的記號，可是，與此同時，我卻知道他不會感動，反而覺得困擾，正好應驗成了少年口中那種多餘又愚蠢的行徑。

當他不愛你，你的一切犧牲，都只是一則笑話啊。

十分鐘後，Rock 步出房間，問章澈：「決定了沒有？想刺在哪裏？」

章澈指着左腳腳跟。

Rock 看着全身不長肉的章澈，也好意提醒一下：「你是第一次刺青吧？如果只是一時貪玩，我勸你最好明天再來。因為，只要紋上了，明天若你後悔的話，我已幫不到你了，你要去找整形醫生，花一番工夫，才能夠用輻射光把圖案燒掉。」

章澈用力咬一下牙，「我決定了。」

走進房間，我又一陣心寒。一個男人正趴在一張椅背上休息，他的背部腫成血紅色，究竟上面刺的是甚麼圖案，我真的半點都看不出來。

章澈說：「小圖，我自己刺便可以，你在樓下找地方喝杯咖啡等我吧。」

「我陪着你。」

其實，我害怕，但我知道他更害怕，所以，才會找我來陪。

紋身步驟，是用針刺進肉裏再點進墨水，顏色就永恆的藏在皮肉裏。機器開動時，發出尖銳的聲音，我掐着自己冰冷的手臂，連大力呼吸都不敢。章澈緊緊鎖着眉，針刺進去的一霎，我見到他咬着唇不讓身體抖動半點，豆大的汗從額角冒出，我站在一邊牆角，不敢碰他，只想一心陪他捱完這一程。

為甚麼，要如此傷害自己來證明自己的愛呢？

他見我面色蒼白，還有心情開玩笑，「你的表情，像足了陪着太太入產房生孩子的丈夫哩！」

「這次我陪你，等我有一天生孩子時，你記得要陪我。」

「拜託了好吧，到時你有老公陪啊。」

「我不管，總之，你到時一定要在場！」見到他腳踝一針一針的增加，我覺得愈來愈痛，眼淚都快湧出來了。

一小時後，我陪着章澈在沙發上歇息，坐了三分鐘，章澈要站起來，猛皺一下眉，我急忙按住他，「先休息多一會。」

Rock看着我倆笑，「你女朋友很緊張你呀。」

「她不是我女朋友。」

我不滿：「真有需要否認得那麼快嗎？」

章澈難為情的辯駁，「我不想抹殺你被追求的機會啊。」

樹妖用兩手托着腮，迷戀地看我，對章澈説：「先生，你的做法真的對極了！」

Rock拉着樹妖去添加刺青，房間傳來殺豬的慘叫聲，Rock大罵：「你以為自己是破處的處女嗎？有需要叫那麼大聲嗎？」「老闆，快感讓我叫！噢……」我和章澈相視而笑。

這時候，章澈的手機響起，是所羅門王的來電：「……我？咖啡店很忙啊……對，你在做甚麼？今天要開會嗎？……如果現在就能見到你那該有多好……會議還有四天才完結？也不太久吧……接機？我不大確定，要看看那天能不能早點打烊。」

我在旁邊默不作聲。

章澈告訴我，所羅門王代表Pure集團，與一家跨國公司在洽談新的合作計劃，他現正跟十五個下屬在泰國開國際會議。碰巧明天就是兩人拍拖一週年，他決定出發，偷偷去找他。

掛線後，我瞄着他腳跟上那個團在火燄裏「S」字，「你何時出發？」

「明天一早。」

「你一心想給他驚喜，但你確定他有空見你嗎？」

「在這種特別的日子，只要在他附近不遠，就算無法順利見面，我也覺得開心。」

我明白那種心情。

章澈聳聳肩，神情有點無奈，「可惜，他的語氣驟聽起來，根本不記得明天是甚麼日子。」

我反過來安慰他，「這是心思細密的人才會記住的事，某人像蠶豆般小的腦袋，根本裝不進去啊。」

章澈回復了一點笑容。

我挽着他的手臂，「放心啊，你們明晚會有一個浪漫的夜晚。」這時，樹妖又發出破處的悲嚎，我倆又失笑了起來。

＊　＊　＊

章澈去泰國的那天，我約了一名被訪者在上環見面，中途路過「藍咖啡」，見門前貼着的一張「東主外遊，休息三天」，語氣喜孜孜的，我這才確定他不在香港。沒有咖啡喝，我一整天沒精神。受訪者是個十七歲問父母借錢做外賣飲品生意成功的小夥子，又是那種老掉牙的人生奮鬥故事，讓我一直昏昏欲睡。好不容易才捱到放工，逃命一樣的離開公司。

昨晚離開刺青店，我對章澈說：「去到泰國打個電話給我，給我形容一下，所羅門王看到你腳跟上的刺青感動得七孔流涕的表情啊！要是可拍到一段片，效果更佳！」他笑着答允了。

可是，我等了一整天，也等不到他的消息。

是的，我多麼不捨得他離開，把他送進喜歡的人的懷抱裏，和我的性格完全不符。可是，一而再再而三的，為了章澈，我做出我不相信自己會做得出的偉大行徑。

我隨便的坐到蘇豪的一間酒吧飲悶酒，這一區要到八九時才是黃金時間，六時多的酒吧很凋零，全店只有我和一個雙眼從沒半秒離開過電視機上英超球賽的西裝男，我真想告訴他昨晚直播後的賽果，但我也沒心情開這種玩笑，喝光 happy hour 買一送一的兩杯長島冰茶便離開了。

我在走向中環和上環的分叉行人路上，遲疑着該往左走還是往右走。

有人喊我的名字，我轉過身，是久違了的何禮言。

「你好嗎？」我不明所以的有點尷尬。

我今天只化了一個淡妝，工作很累，也脱落得七七八八了吧。

何禮言的膚色比上次見他黑了些，可能是夏天再加上四周路燈的緣故。他比我大方得多，但說話還是一貫的習慣提供很多細節：「我在醫院裏剛完成了一個成功的矯型手術，約朋友在蘭桂坊喝了杯酒，正準備回家，明早要應付大量已預約了的病人。」

我沒多大心情扮作有興趣，我問：「你走哪邊？」

他無奈一笑，「你想說的是，你會走我會走的另一個方向？」

「不是啦。」

「那麼，你走哪邊？我陪你走一段。」

很好，難得有個人陪。今天，我奇怪地不想有郭子瑜，我只想自己一個人，或者，有一個男人在身邊。

踏下行車路的邊緣，地上畫有標示禁止停車的雙黃線，我說：「不如，我們沿着雙黃線一直走，看看走到哪裏才是盡頭？到了盡頭，我就回家了。」

何禮言被我古怪的提議弄得不知所措，但他隨着我的指示，並無異議。

我張開雙手平衡，用貓步沿着黃色的線走，何禮言維持在行人道上殿後。

「有沒有新女朋友？」我問，好像跟一個老朋友聊天的語氣。

「沒有，你呢？有沒有新男朋友？」

我想起我的冒牌男友所羅門王，「他在泰國。」

「你喜歡的那個男人呢？」

「呵呵……他也在泰國。」

「這麼巧。」

「對啊！就是這麼巧！」失態地傻笑的我踏錯步，左腳絆倒右腳，猛地傾側跌出馬路，一輛巴士迎面駛來，何禮言及時把我拉回行人路上。

我吃吃笑，「好險！」

「我送你回家。」

「我不想回家！」我用力甩開何禮言的手，我明明沒喝烈酒，卻像發酒瘋，我罵着道：「我在等男朋友電話！」

何禮言默然一下，「他在泰國吧？若你很掛念他，你也可以打給他。」

為甚麼章澈還沒有給我一通電話？

是的，我也可以輕易而舉地打給他，可是，他答應我會打給我，我就不可以打給他了，否則，我會認為是奇恥大辱。

我落得一陣苦笑，突然告訴何禮言：「其實，我和我的那個男朋友，只是假扮的情侶。」

這恐怕已超越他對愛情的認知範圍了吧？他愣足了十秒才問：「假扮情侶？騙得了誰？」

「騙他的父母啊，他根本不喜歡女人。」

何禮言看着我，像見到外星人的惶恐。我惡作劇的大笑，「嚇倒你了吧？」他只是個一生人循規蹈矩的牙醫，遇上我是他的厄運，他的世界本來就像他牙齒般的潔淨。

「為甚麼同意幹這種勾當？」

「他是我的朋友……」

「那不是朋友的所為！」他忽然生氣了，痛斥着說：「真的是朋友，絕不會請你這樣幫忙的！」

我靜下，發覺他的話是如此地似曾相識。是的，章澈也跟我說過類似的話、斥責過我犯的錯誤。

我掀了掀嘴角說：「也許，我已經不在乎自己了。拍過很多次拖後，發覺原來戀愛絕大部份時間都是在傷害對方，直至體無完膚的分開，然後又找另一個對象，將傷害的過程重演一次。如果我愛的人不能讓我愛，那麼，不如跟一個能夠互利互惠的人一起吧。」

何禮言凝視着我的臉問：「真有不能愛的人嗎？」

「有啊，正如有爛得不能修補的牙齒。」

何禮言用悲哀的眼神看我，聲音卻很明確：「我喜歡你。」

我一陣愕然，他的語氣是如此的悲痛又逼不得已，我以笑掩飾，「如果我喜歡的是女人呢？」

「我還是會喜歡你。」

「如果我是一隻狗呢？」

「我把你領回家養。」

「如果我變性成為男人呢？」

何禮言臉有難色，但他堅決的說：「我會變性成為女人，努力去愛上你。」

「但你上次拒絕了我。」

「我後悔了，後悔到差點想用攻牙器將自己鑽死。」他說：「不過，這樣也好，你讓我發現了，真正愛上了一個人，就不能過份自愛。」

忽然間，在我手袋裏的手機響起，我心跳加速的拿出來，沒有來電顯示，何禮言說：「不要接。」

「我必須接聽！」

「不過是你的假男朋友……」他一頓，「也可能是你喜歡的那個男人。」

「對不起。」我走開去，接了電話。

真是章澈。

我高興得難以形容，語氣卻悻悻然：「你那麼晚才來電，一定玩得樂極忘形啦？」

「小圖……小圖。」

我聽到他有哭音的聲線，急忙轉過語氣：「發生甚麼事了？」

他的聲音像從幽谷裏傳來。「我走不動了。」

「你出了意外？你在哪裏？」

「我在曼谷的街頭，我不知道這地方叫甚麼。」他迷惘地說，我能夠想像，這刻他握着手機的慌亂，我的心一緊。

「你看見所羅門王沒有？」

「小圖，我沒有力氣說話，也沒有力氣走路了。我知道這個要求很過份，但你能夠來泰國嗎？這裏的每一張臉都很恐怖，沒有一個我認識的人，我像去了一個鬼域。」

「我立刻趕過來……立刻就去機場，搭最快的一班航機，你不要亂跑。」

我掛線，望着凝視住我的何禮言，無言以對。

「是你喜歡的那個男人，我猜對了嗎？」

我苦笑。

「他也是 Gay 的吧？」

何禮言見我不回答，他張大了嘴巴，「為何你總會愛上同性戀的男人？」

「我也喜歡女人啊，只不過，跟她們上過床後就變得乏善足陳。」不知何故，我故意說了恍如要一下擊倒他的重話。

何禮言揉了一下太陽穴，彷彿頭痛難當的樣子，「你的感情世界真太複雜。」

「你活在一個簡單的感情世界，是你幾生修到的幸福吧。」

「遇上你之後，一切都不同了，但也沒甚麼不幸福。」何禮言揚手截了一輛計程車，「我送你去機場。」

我回到家中拿了護照，把幾件衣服塞進旅行袋就走。坐在計程車等我的何禮言，居然已致電到航空公司，替我張羅了最早一班出發去泰國的機票。我倆一同去到機場，才辦理好 check in 手續，航機已準備登機了。

在海關閘前，我與何禮言匆匆道別。

「一切小心。」

「我剛才很慌亂，感謝你的幫忙。」

「小事一樁。快去吧，祝你一切順利。」

我突然想吻一下他的臉頰，但我忍住了，「再見。」

他把替我拿着的旅行袋遞向我，「假如，在泰國沒找到你想找的東西，請回來找我。」

我用力點一下頭，接過袋子，轉身走進關閘去了。

三小時後，我抵達了曼谷機場，踏下機時是晚上十一時多，我感覺自己累透了，用意志力強撐着趕到市中心。

約了章澈在他下榻的酒店大堂，我跑進去，左右張望之際，背後有人叫我的名字。章澈從一角出現，他的眼睛浮腫，恤衫都皺了，頭髮一團糟，疲倦的向我微笑。

好像隔了一個世紀的重遇，我二話不說的擁着他。他單薄的身軀貼近着我，我貪婪的把他再抱緊一點，我知道這一刻他不會抗拒，也極度需要我的擁抱。

在他最軟弱的一刻，我來到了他面前，顯露了自己既自私又陰暗的一面，太慶幸他被狠狠傷害了，如此一來他才會需要我的安慰，被我的擁抱撼動心靈。

我偉大得像救世者，乘搭三小時飛機來到千里遠，只因我想拯救他的是我，我不想別人搶在我之前拯救他。

「我碰上了，所羅門王和另一個男人。」

我知道，單憑想像就知道了。

我按着他的後腦，把他的臉埋進我的肩膊上，我的聲音因為太累而變得沙啞，一字一字從喉嚨綻出：「我在這裏。其他的都別再想了。」

「為甚麼，每次都讓你看到我最狼狽失意的樣子？」

「因為，我們是雙面鏡。」

*　*　*

今天一早，章澈到達泰國，照着所羅門王出發前留給他的資料，找到了他的酒店。

由於，決意想製造一個週年紀念的空前驚喜，於是，他完全不給所羅門王他會來泰國的蛛絲馬跡，甚至乎，他使詐地傳了一張在藍咖啡看報紙喝咖啡的影像，報紙上的日子清晰可見，要讓所羅門王卸下所有防範。

他在所羅門王的房門外耐心等候。每次升降機門打開，章澈怕是其他住客，見到他躍躂會叫保安人員把他驅趕，於是，他又會機警地躲到轉角處，等房門關上的聲音傳出，才小心翼翼的回到原位繼續等待。

這樣的來回躲避，差點把他弄得神經錯亂。

酒店的走廊沒有窗，待在這道猶如第四度空間的隧道裏，外面到底是晴是陰是日是夜，他完全沒有了概念。時間就這樣溜走了，直至章澈看看手錶，才發現自己居然一等已八個小時。沒吃沒喝，連一張可以歇息的椅子都沒有的八個小時。可是章澈固執的堅持等下去。

再等多五分鐘吧，他告訴自己，有可能就能見到他想見的人。

升降機大堂傳來「叮」一聲，疲倦地打着盹的章澈，急忙又躲到暗角去。踏着地毯的模糊腳步聲愈走愈近，章澈背對着走廊想假裝自己正要開門進另一個房間，身後傳來房門被電腦卡打開的聲音，章澈喜出望外的轉頭，衝口而出：「Solomon！」

兩個男人應聲轉過身來。

真是所羅門王沒錯，他的手正緊緊纏着身邊一個男子的頸項。

以所羅門王那種大鳴大放的性格，要是他立刻綻開笑容，輕鬆地替彼此作介紹，章澈想必會一廂情願相信他胡謅的任何謊話。可是，問題是，所羅門王盯着章澈，像見鬼一樣的呆若木雞，等到男子輕輕掙脱他的環抱，所羅門王才勉為其難的邀請章澈進房間內。

在偌大的房間裏，三人面面相覷，章澈的目光不自主停駐在那張巨型的雙人床。酒店理房人員早已把床單整理得一塵不染，可是，他無法不想到更多。

與所羅門王同行的，是個陽光型的男人，高大健碩，臉上有種滿不在乎的氣餒，他若無其事地開腔：「我出去走走，你們兩個談一下啦。」

聽到他字正腔圓的流利廣東話，章澈這才如夢初醒的大悟，男子甚至不是所羅門王從泰國街頭釣回來的玩伴，他們是結伴從香港來的。

全部都是假的，甚麼跨國合作會議，甚麼公司拓展新計劃，泰國五天，原來是他們兩人的甜蜜假期。

「我忽然覺得很嘔心，眼前的一切，醜惡得叫我想吐！」章澈告訴我。

他退後，想放一句叫所羅門王內疚不堪的狠話才離場，然而，他到底不是天生的舞台劇演員，況且，他也實在無法以所羅門王傷害他的份量去傷害對方。

最後，他腦袋一片空白，只能以默劇的形式離場。

所羅門王沒有追上去，在房門關上的最後一眼，章澈見到所羅門王跌坐在床邊，人像剪了線的木偶。

章澈很努力的，把事情原原本本告訴我，雖然，他的聲音斷斷續續，中途多次停頓，也有哽咽的時刻，但我沒有加插任何意見或評語，只因我明瞭，只有完整地釋出了一整個驚濤駭浪的恐怖經歷，他才能夠從地獄折返。

那是一種自我治癒的過程，就像參加戒酒會。

當他說完，我們在一家廿四小時營業的咖啡店裏叫來的凍咖啡，已融成一片污濁的水。但章澈的臉色沒那麼灰白了，他吁口氣，抱歉地看我，「很對不起，我腦袋壞了，居然要你從香港老遠的跑來！」

「沒關係呀。」我輕鬆的說：「我也很掛念曼谷的冬蔭功和椰子。」

他拿起前面那杯凍咖啡，見杯面浮着的一潭死水，沒喝一口又放了下來，看着膠杯子說：「幾個小時前，我真想就這樣死掉便算！」

「你說甚麼傻話！」我嚴肅地說：「我來這裏，可不是替你收屍的吧！」

章澈詫異的抬頭，凝視着我擔憂的表情，他語氣和緩地說：「沒有啦，一想到你正在飛機趕來的途中，我便已太安慰，尋死的情緒只是一閃而過，很快便消失得無影無蹤了。」

我放鬆了下來。

「可是，我總算學懂了一件事。」章澈說：「原來，現實世界容納不了太多驚喜。」

也得看對手吧？

我在心裏這樣回覆他，但我抿着嘴，沒說出口。

被背叛了的章澈，難免會對所羅門王恨之入骨，我卻完全沒那個感覺。也許，我對男人本來就不敢有太大的期望。越軌，似乎是深潛在他們的本性和DNA排序之中，分別只在於處理得好與不好。

例如，在史提芬和郭子瑜的「姦情」裏，我瞧不起史提芬，因為他無良又厚顏無恥的剝削着郭子瑜的感情和身體。但對於所羅門王，他的背叛，反而不讓我驚訝。

當局的章澈，自然是傷心欲絕的。但作為旁觀者的我，一方面痛心，一方面又邪惡地覺得活該如此。

「對啊，我也承受不了太多驚喜。」我同意章澈的話，然後借題發揮：「我知道你是個心軟的人，所以，有我在這裏，你別企圖聯絡所羅門王。就算他也有可能想辦法找到你，但我會加以極力阻止，不讓他得逞。」

我不可說不了解章澈這個人，他有着死心眼的善良，所以，我必須先旨聲明。

章澈悲觀地問：「他會嗎？」

「如果不會，你還顧慮甚麼呢？」

章澈又不作聲了。

還未用晚膳的我倆，在酒店附近找到一家開得很晚的餐廳。我打開餐牌，眼也不眨的點了一桌子的海鮮、炸蝦餅炸春卷、船粉、三色冰龍眼冰等等，讓他瞪眼。

「我們吃得完嗎？」

「吃不完也沒關係呀！到了外國要豪氣一點！」

我倆吃到捧着肚子才離開，章澈的心情好太多了，跟我有講有笑的。深夜的遊客區街道上，仍是燈火通明。這真是一個詭異的國家，迎面的一時是癡肥的美國遊客、一時是骨瘦如柴膚色黝黑的泰仔，酷熱的天氣將所有人都沸騰至一種妖艷頹廢的溫度。

離開熱鬧的遊客區，走在距離酒店約十五分鐘的路上，四周變得愈來愈僻靜。章澈和我肩擦肩的同行，因怕走失所以貼得非常的近。在這裏，章澈只認識我，而我也只有他，我倆只要一直一直的走下去，便只能相依為命。

匆忙出發的我，當然沒預訂酒店。所以，不久之後，我便會身在章澈下榻的房間內，我不知道會發生何事，一切皆不可預期。

或許，所羅門王給他的打擊，會令他痛定思痛，不再相信男人，重新愛上我也不一定。

我不知道，也不敢過問，我只希望把握到這麼一個時機，跟他重新開始。

我望着他的側臉，「章澈。」

「甚麼？」

「沒甚麼，只想喊一下你名字。」

他笑一下，張望着路牌指示，但沒有用，全是看不明白的泰文。前面有兩條分歧路，他已記不起酒店的回路。

「章澈。」

「嗯？」

「你千萬別死掉，要是死掉了，我再叫十萬遍，也得不到回應了。」

他暫且放下尋找酒店的苦惱，把身子轉向我，摸摸我的頭，用安撫和包容我的聲音溫柔地說：「傻瓜。」

太暖了。

無法預料這一區的治安，不敢在陌生路上逗留太久，我把視線轉向前面的分叉路口，「怎樣了？我們走哪一邊？」

他的神情一陣惘然，聳一下肩，「我不知道。」

「用 Google 地圖吧，讓 GPS 領路。」

「手電剛剛沒電，自動關機了。」

我看看前面的左右開弓的兩條直路，路上同樣的荒蕪，遠處也看不到建築物，因此，到底何去何從，實在無從稽考。

我說：「既然如此，由我選一條路吧！」

我拉起他的手，就踏上了右邊小路。一路上，我沒放開他的手，他也沒有借故甩開我的手。

記得當年，放學後的我，只要一離開學校，我總會急不及待的拖着他的手，藉此證明我正在熱戀中。我忽然感受到，初戀的情懷都回來了。

我希望，選了一條錯誤的路，然後一直的走錯。而只要明知是錯也一直的繼續走下去，到頭來就對了。

走了十分鐘後，大路上現出了一條橫拐進去的小徑，章澈居住的酒店就在面前一百呎。但當愈走愈近，在酒店門前燈光照到的地方，站着一個蒼白憔悴的面孔。

是所羅門王。

我心一沉，他找到章澈了。

佇立着發愣的所羅門王，乍見在黑暗中出現的我倆，他整個人大大地震動了一下，恐防章澈隨時會轉身逃跑似的，他急步向章澈走過來。我鬆開章澈的手，也大踏步的走向他。

所羅門王恍如對我完全無視，他眼中就只得章澈一人而已。跟他迎頭相撞的一刻，我給他一記耳光，這巴掌毫不留力，發出了一下驚人的悶響。

他整個人一怔，停下了腳步。他平日的威勢盡失，這才看着我說：「我，有話跟章澈說。」

他說話的時候，咬字不清，牙縫間都是血，半張臉高高地腫起。

「你應該無話可說了！」

他不管，一手撥開擋在他和章澈之間的我，要繼續向章澈走過去。我又火起，一腳踹到他左腳的腳彎內側，讓他單膝跪了下去。他用手要撐起身子，但卻無法順利站起來，用右腳跳動了兩下，人又跌倒在地上，露出痛苦的表情。

章澈一直佇立在十多呎外的原地，動也不動的，臉色鐵青的看着所羅門王。然而，我卻發現了，他的眼神由堅強轉變為不忍。

我驚覺自己做錯了，我不該給所羅門王那個耳光……不該代替章澈給他那個耳光。

現在的他，活像一頭喪家狗，只會添加了垂憐的味道。

他走不了，就以手代腳，用兩條前臂將自己向前拉動，猶如戰壕的傷兵，然後，當他爬到了章澈面前，忽然間，瞧見章澈左腳腳跟那個「S」刺青。

他抬起眼仰視着目無表情的章澈，卻甚麼都講不出口，淚水從他兩眼瘋狂地湧出，他抱住了章澈的左腿，不斷親吻着那個紋身。

高高昂起了臉的章澈，根本就裝不了倔強，他的眼淚不知不覺已流滿了一臉。

在一旁像個局外人的我，就算心有不甘，也得承認自己的慘敗。

最終章

回不去了，但也永遠不會消失

在我多番堅持下，章澈送我到機場，我買了最快出發回香港的航機。章澈為了無法留住我，一直表現內疚，但我從容地告訴他，我來到的目的已達。看着兩人重修舊好，我再也沒有留下的理由。

我也給了他無法反對的原因，由於明天要訪問一個重要人物，我非要趕回去不可。因為，從來就只有受訪者可隨意改動日期，但從沒聽過採訪的記者可以改期。

所羅門王也希望送我到機場，我斷然拒絕，告訴他：「我嚴厲警告你，別再有下一次。」

他用留有四條指痕的瘀黑面孔看我，用保證般的沉實聲音說：「我知道了。」

我看看在酒店前台，向職員查探航空公司航班情況的章澈，我清楚地跟他劃清關係：「對了，我扮演你女朋友的那件事，也就到此為止了。因為，我非常願意見到你自生自滅。」

「好的，你做得沒有不對。」他似乎也思考過這件事：「我這陣子總是在想，不可能瞞上多久了，總有一天，我要令父母無意中發現，我喜歡男人。」

「那麼，你也可以借着我過橋。」我苦笑一下，「對啊，我真是極品。我小小的一個女子，居然令到兩個熱愛女性的男人，變成男同性戀者！」

所羅王門聽到我的話，神情大大一怔，好像無言以對，我奇怪地看他，「甚麼？」

所羅王門怪異地垂下了眼，然後左顧右盼的，「沒甚麼。」

這時，章澈走了過來，對我説：「飛機在一小時半後起飛，要趕去機場了。」

在章澈面前，我刻意訓示所羅門王，最後一次了：「你好好記住了，要是你再敢傷害章澈一次，我會窮盡自己畢生的精力，想盡辦法令你名譽掃地！」

「我本身可沒甚麼名譽，我在章澈家中也經常掃地，你的精力就別亂花了。」所羅門王聳聳肩，含情地凝視着章澈的臉，「所以，我誰也不答應，但我答應自己，從今開始，我會做個更好的愛人。」

章澈一臉羞澀的，甚至不敢直視這個大眼的男人。

是的，他倆就是兩情相悦，我充當甚麼愛情判官呢？

就算，將自己包裝得冠冕堂皇，我也是一頭敗犬。不敗走，繼續留下，我會死掉。

我將自己的寬心和器量推高到極致：「好了，我走了。但我希望你們在我面前接一個吻，讓我安心！」

所羅門王二話不説，一手攬起章澈的腰，就要吻下他的嘴巴，章澈卻將頭仰後，左閃右避的，神情尷尬不已，「不要，你的嘴巴很臭！」

「吻過你的腳，味道差不多是這樣！」他表現得像個色魔：「我也只是聽命行事，快來給我一個世紀之吻！」

章澈仍是縮頭縮頸的，我看不過眼，抓住了章澈的後頸，讓所羅門王順利吻到了他。章澈僵起了的身子一下便軟化，合起雙眼，跟所羅門王在酒店大堂的中央接吻起來。

前台的幾個職員對這種事早已見怪不怪，甚至連朝過來看半眼的興趣都沒有。我只是一直看着眼前的這一對情侶，努力笑着，笑着，笑着，笑着。

＊　＊　＊

在機場裏，乘搭淩晨航機的乘客寥寥可數，一下子就完成 check in，替我拿着旅行袋的章澈，和我一同慢慢步向海關閘前，那種感覺是如此地似曾相識，像極了我大一時送他去遊學團的感覺。

在海關前，我把身子轉向他，跟他面對面的。我倆之間有一股靜默流過，我先開口：「真的不可以告訴我嗎？」

「嗯？」

「已很多年，未來也勢將有更多年，但要是你告訴我所有的真相，就等於是放過我了。」

章澈凝望着我的臉，他沒有説：「咦，你在説甚麼」或裝「我不明白，可以説清楚一點嗎」都沒有，正如我所說的，很多年了，我倆已有了一種不用言明的心靈相通，太淺的話不必說出口。

是的，剛才，所羅門王的表情溜出了端倪，他知道更多我不知道的事。

曾經是章澈最親密的人，和他分享過一切的秘密。我，到底還有甚麼是不知道的?

章澈靜靜看我，看着我堅決不移的眼神，他的眼神變得柔和軟弱，然後，他伸手從衣袋裏拿出銀包，在銀包內格的信用卡內，掏出一張過了膠的2R照片，遞給了我。

「他是我人生中第一個喜歡的人。」

是一張合照。章澈身邊是個幼嫩男孩，看上去只有十一二歲。背景是個籃球場，兩人都穿着白色背心，用手臂搭着彼此的肩頭，態度親暱。男孩笑得燦爛，章澈笑得羞澀。

「他把我視為最好的朋友，我以為自己也一樣。直至，當他與我分享他收藏的色情刊物，當他看着裸女笑着笑着，我忽然滿心嫉妒，在那一刻，我便已知道了。」

我沉默着，讓他往下說。

「然後，他有了女朋友，我只得死心。」他說：「一年後，我結識了你。我很希望，跟你在一起，會令我忘記原來的我。然而，每次跟你親熱，我才意識到了，我永遠無法否認自己。」

我終於明白了，他為何永遠不會主動碰我。當我碰他，他總是有意無意的避開。原來，他不是君子也不是不想佔我便宜，他只是對我提不起興趣。

我感到自己愈縮愈小，明知答案，我還是必須要問：

「你一直對我那麼好，由一開始到現在，無微不至的、寵壞我的、忍讓我的、原諒我一切的。但是，到底……你愛過我嗎？」

章澈默默看着我超過十秒或更久，終於，他一臉抱憾地搖了搖頭說：

「明知不能永久，我才如此愛你。」

嗯。

原來如此。

所有無從詮釋的、積壓在我心裏多年的謎團，終於也解開了。

我太傷心了，但與此同時，我也太開心了，我終於從他口中逼出他努力守口如瓶的答案。

原來，不是由於我這個女朋友的野蠻、不講道理、恃寵生驕、或做了太多令他對我痛恨的事，令他從此怕了女人，轉變了性向。原來，打從一開始，他就喜歡男人，我只是他的愛情實驗品。

最後，實驗失敗了，他卻沒有棄我如敝履。而最動人的是，他永遠不打算向我透露我是個實驗品，對我始終保持高度關注和珍視，就算我無數次令誤會加深，也使他不厭其煩，但他仍是按捺着的不吐露半分。

這個他傷害我又傷害他自己的秘密，他誓將要帶進墳墓永埋土下，但他卻告訴我了。

只因，可惡的我，非常可惡的，請求他放過我。

我把照片交回他手上，對他淡淡說：「既然如此，我可能不會愛你囉。」

「謝謝你愛了我那麼多年。」

「因為你也值得。」我問：「少了一個人愛你，會習慣嗎？」

「是我活該。」

「傻瓜。」我摸摸他的頭。

我好像不小心按下了章澈眼淚的開關掣，他一索鼻子，眼淚瞬即汩汩而下。我擲下手提袋，把他緊緊抱進懷內，他哭得像個被欺負得很慘的孩子。

我用臉頰廝磨着他的髮鬢，讓他的眼淚融成我的。最後一次了，我忽然有種他放過了我，而我也放過了自己的感覺，我悲傷地微笑起來。

別了，章澈。

＊

＊

＊

回到香港，已是清晨。

步出閘口，已見到何禮言在接機等候區站着，他精神委靡，見到我，表情才一振，向我大幅度揮手，迎接我的歸來。但我也留意到，他看看我身邊或身後沒有其他同行的人，露出了安慰的神情。

剛才，等飛機起飛時，我跟他傳了簡訊，其實，我甚麼也沒說，只告訴他我身在飛機上，正準備回來香港，他堅持要來接機，我便由他。

原來，他滿以為我有可能跟誰同行回來，但他仍是不辭勞苦，一口答應要接機。我心領，對他疲倦地微笑了起來。

出市區的一路上，我保持着沉靜，一直微微昂頭，凝望着天窗上那個陰沉的魚肚白天空。何禮言也沒多加慰問，讓我有個留白的空間。我突然覺得，他比我想像中還要成熟。

女人最討厭問長問短的男人，除非她自己想說出來。否則，女人會覺得被侵犯了私隱，男人只會自討無趣。

車子在半小時後返到我的住所樓下，我打開車門問：「你要上來喝杯咖啡嗎？」

他把兩手按在軚盤上，側着臉向我微笑起來，「下次吧，你需要好好休息一下。」

我看了他兩秒鐘，感動不已。

也許，因為我想有個人安慰，急於得到擁抱的我，會跟他發生關係也不一定。因此，這就是他不上我家的理由。

他是個好男人。我渴望他乘人之危，但他不肯，才會令我渴望他更多。

「好的，下次吧。我會準備更好的咖啡豆。」我笑，「只不過，你好像也不喝咖啡。」

「我變了，已喝了幾天的咖啡，最愛加大量忌廉的冰莫加。」

「你不是說，會破壞琺瑯質甚麼的？」

「別擔心，我是牙醫，自會找到解決方法。」

「哦。」

「我相信，保養牙齒是一輩子的事。」他凝視我，「保衛一段感情，也該是一輩子的事。」

「那麼，我的牙齒就交給你全權處理啦。」我露齒而笑，「以後，請多多指教。」

「請放心，我是香港醫學牙科學院碩士，值得信賴。」

是吧，我沒說錯吧？一講到牙齒，他即時自信百倍。

＊　＊　＊

回到家中，我打電話給子瑜，請她替我請一天病假。

我的聲音太病太累，她完全沒懷疑，說交給她處理就好。她告訴我會幫我使一點詐，佯裝我這天要外勤一整天，或連病假也不用請，總之她會盡力而為。

我感謝她的熱心，而事實上，我一點也不擔心被抓住，只因我抓住了老闆的痛腳。說了幾句，正準備掛線的一刻，她卻說：「沒想到妳今天不上班，本來，有一件重要事，我打算今天告訴你。」

我想到甚麼，「你決定跟史提芬分手了吧？」

「正好相反。」她的語氣有種奇怪的堅決，不像她一貫孩子氣：「我決定，要從他老婆和女兒那裏，把這個男人搶過來。」

我啞言。

「好了，史提芬回來了，明天再詳談。」她愈說愈小聲，掛上了電話。

我滿以為可好好睡一覺，但淋了個浴，人卻完全清醒過來。一旦清醒了，我決定馬上做我該做的事。

我不要再跟我的過去糾纏不休了。

章澈放過了我，而我報答他最好的方法，就是活得比過去任何一天都更好。

我把七瓶用剩的香水倒進馬桶內，那也包括第一枝香水Jo Malone，也包括蘭花香味的Pure Again，我希望找回真正屬於自己的氣味，不再依靠其他香氣去掩蓋它。

我拿出一個大垃圾袋內，將空香水瓶全倒進去。然後，我打開了電視櫃最下格的抽屜，把那疊寫了不寄的情信也全丟了。看看放在電影DVD旁邊十多盒跟章澈拍過的V8錄影帶，也一股腦的擲到垃圾袋內。

當我正想把垃圾袋紮結，拿去垃圾房，突然瞄到抽屜最深處藏着的那架手提攝錄機。我知道，它也是我的一大心結，我該處理掉。

有些事，回不去了。

我拿起攝錄機，把它攞入垃圾袋內，突然想到甚麼，動作到了半路又停下。我拉開了機身，發現內裏有一盒錄了一小半的V8錄影帶，我完全忘記那是甚麼了。

很多年沒開啟過，也不知道它能否運作如常。我嘗試插上電源，按下了播放掣，那個重看錄影的小視窗，出現一段我從未看過的影像，讓我驚訝到了極點。

是章澈的自拍。

不知道，你會不會有機會看到這一段？又或者，這只是我在自言自語而已。可是，我仍是決定把自己的心情誠實地記下來，就算，我是個不愛自拍的人。

自從，買了新的數碼相機，我們便將這部攝錄機冷落在一旁了，可是，它陪伴我們度過了很多美好時光，我希望最後一次的，正式向它好好地告別。對一部攝錄機的最後致敬，應該沒有比起留下一段錄影更好了。

知道嗎？跟你在一起的這兩年，我快樂了很多、很多。我一直不知道，原來有一個人可以令我重拾自信。你看我，只那麼的看我，我自卑和絕望的另一面，誰也看不出來。可是，你卻大力叩我的門，一直的大吵大鬧，將我從那絕境中驅趕出來了，也將我變成一個不自覺就會兩邊嘴角揚起的人，我每次都要趕緊的抿着嘴巴，別讓任何人發現我在竊笑偷喜，那都是你的功勞啊。

忘記有沒有告訴過你，我很害怕在我生命中出現的人，會在我的生命裏消失掉？又或者，我最害怕的，不是誰的消失，而是我被遺棄了的感覺。是的，有很多人，有很多事，總是以華麗登場，黯淡結束。因此，我希望，非常非常希望，我和你誰也不要在對方的生命中退場，誰也不要首先跟對方説再見，而只要我倆永遠都維持着一種恍如玩層層疊、推倒了便重新疊回去的遊玩心情，一定可以把這份感情永久維繫下去。

感謝你，在沒預期下便給了我那麼多。感謝你，義無反顧的愛着我。你永遠是我的一面鏡，只要看到你笑，我便笑了。

章澈的錄影，到此告一段落。

我停下了錄影機，整顆心有溫暖得像被太陽直射的燙傷感。

原來，有些事回不去了，但也永遠不會消失。

我也學着章澈，要好好的告別。拿起錄影機，將鏡頭在前面固定擺好，對着自己自拍。

我按下了錄影掣，緊接着他的那段影像錄下去。

我笑着：

「我……」

然後，我根本講不出任何話來，像大壩崩堤般，哭成了淚人。

下集 郭子瑜的故事

TO BE CONTINUED......

序幕 砲灰

你問我
為何咖啡室會賣
二十二元一瓶的礦泉水
到底有誰會去買

我答你
這瓶水不是給人買的
只是通過它來襯托咖啡價錢的合理性

相比之下
一瓶礦泉水要二十二元
二十八元一杯的咖啡好像一點不貴
對啊

所以這瓶水總是放在顯眼位置
讓顧客都中計了

這瓶水既是綠葉也是砲灰
但這就是
它怎麼可以一直存在的真正意義

我沒問你
你會不會傻得
憐惜地買下猶如礦泉水
的我

抑或
繼續讓我擺那裏
為了把咖啡襯托得有多物超所值

www.cosmosbooks.com.hk

書　　名	可能不懂愛情
作　　者	樂宜雅
責任編輯	王穎嫻
美術編輯	郭志民
協　　力	林碧琪　Key
出　　版	天地圖書有限公司 香港黃竹坑道46號新興工業大廈11樓（總寫字樓） 電話：2528 3671　傳真：2865 2609 香港灣仔莊士敦道30號地庫（門市部） 電話：2865 0708　傳真：2861 1541
印　　刷	亨泰印刷有限公司 柴灣利眾街27號德景工業大廈10字樓 電話：2896 3687　傳真：2558 1902
發　　行	香港聯合書刊物流有限公司 香港新界荃灣德士古道220-248號荃灣工業中心16樓 電話：2150 2100　傳真：2407 3062
出版日期	2021年7月／初版

ISBN：978-988-8549-38-2